古道阴平

商震 著

中国旅游出版社

策　　划："芒鞋"编辑部
责任编辑：王佳慧
责任印制：冯冬青
封面设计：主语设计
内文插图：施欣仪

图书在版编目（CIP）数据

古道阴平 / 商震著 .— 北京 : 中国旅游出版社，
2021.10
（"芒鞋"丛书）
ISBN 978-7-5032-6799-4

Ⅰ.①古… 　Ⅱ.①商… 　Ⅲ.①散文 – 中国 – 当代
Ⅳ.① I267

中国版本图书馆 CIP 数据核字（2021）第 184585 号

书　　名：古道阴平

作　　者：商　震　著
出版发行：中国旅游出版社
　　　　　　（北京静安东里 6 号　邮编：100028）
　　　　　　http://www.cttp.net.cn　E-mail: cttp@mct.gov.cn
　　　　　　营销中心电话：010-57377108，010-57377109
　　　　　　读者服务部电话：010-57377151
排　　版：北京中文天地文化艺术有限公司
印　　刷：北京金吉士印刷有限责任公司
版　　次：2021 年 10 月第 1 版　2021 年 10 月第 1 次印刷
开　　本：889 毫米 × 1194 毫米　1/32
印　　张：7.5
字　　数：140 千
定　　价：49.80 元
Ⅰ S B N　978-7-5032-6799-4

竹杖芒鞋轻胜马

（出版说明）

　　中国文人历来有为祖国名山大川著书立传的传统，越是民安物阜的年代，这样的考据与撰写就越繁荣。如今正是休明之年，作为国家级文化和旅游专业出版社，策划出版一套由中国当代著名作家执笔的地理散文丛书，可以说是为时代著述，为祖国立传，具有重要的社会价值。

　　近年来活跃在中国文坛上的许多中青年作家、诗人写的随笔和散文，率性鲜活，风姿绰约，读来让人心向往之，字里行间最能看出他们的真性情，那些最前沿的刊物都愿意刊发这些作家诗人们写的随笔，因为作品里有人文，有地理，有故事，有情感，有心跳，所以显得有趣，读起来让人更有身临其境之感。这些作家是文学领域的流量担当，当他们把目光投向山川草木，用脚步丈量天地人间，用笔墨透视历史人文时，便带来了文旅结合的崭新文风和重磅之作。

这套系列的主旨是将大地与生命结合起来，作家需要行走并实地考察，必须经过详细的田野调查，对山川、草木、河流、人文、历史等都有详尽的考证和触摸，为名山立传、为大江大河立传、为历史名城立传、为世界自然遗产立传。

其中最关键的一点是：当置身于一个广阔的历史空间和博大的地理环境中，作家把自己放在哪个位置？作家跟大地和历史如何碰撞出火花？作家以其广博的人文沉淀、敏锐的世事观察、犀利的批判思辨，赋予了这套系列特有的广度和深度。

2020 年本系列出版了第一辑的三部作品，分别是鲍尔吉·原野的《大地雅歌》、商震的《蜀道青泥》和朱零的《从澜沧江到湄公河》，初步展现了本系列在大地、历史、人文方面的宽博视域。

2021 年的三部作品分别是商震的《古道阴平》、路也的《未了之青》和荣荣的《醉里吴音》。

《古道阴平》是《蜀道青泥》的姊妹篇。"阴平古道"是一条缩短历史发展进程的"邪径"，同时阴平道也是名副其实的政治、军事、经济、文化之道，是中华民族文明进程的记录者。诗人商震翻山越岭，徒步穷尽"阴平古道"，寻访数十个地点，考证并援引史书典籍、民间传说……在"问史"的路途中，联想、猜想与冥想，将蜀汉灭亡、民族融合、时势英雄与历代修史者、听史者紧紧联系起来。敢于对历史进行无忌的猜想和诘问，敢于对史学家进行有据的质疑和纠偏，展示了作者思辨性的写作风格，其用笔亦是汪洋肆意，千年一瞬，有谐趣也有较劲。

《未了之青》是一部行走之书，更是一部寻找之书。人民文学奖获得者路也以步履不停的寻访和密度极高的文字探寻着齐鲁大地上的文化坐标，高远、厚重的地理文化气息扑面而来。读者从书中不仅会读到地理和人文知识，更会读到作者内心的激情。她不知疲倦地行走，是为了让久存心底的情绪和经验被重新激活。借由文化行走，精神场域被缓缓打开。

《醉里吴音》是关于吴地的花朵、风物、传奇和记忆之作。鲁迅文学奖获得者荣荣将江南文脉凝聚成笔端灵气，细细述说着吴地的种种花事、酒事、情事、文事，并对之进行诗意的、文化的、历史的、当下的种种鉴别，让知识性、趣味性在书写中兼具，将自然事物进行文化认同，将相关的历史人文故事作当下的现实解读，如暗香浮动，如团扇慢摇，充满了人文关怀和缱绻深情，读之令人如品佳酿。

"竹杖芒鞋轻胜马，谁怕？一蓑烟雨任平生。"东坡先生的这句诗给了我们关于这套当代著名作家散文丛书最贴切的意象——既有仗剑天涯的文人豪气，又以"芒鞋"的形象带我们走进人间万象。希望以这套丛书的出版为契机，陆续推出更多文化行走类图书，让"知"与"行"，"史"与"今"，通过作家细腻的笔触生发出更广阔和瑰丽的天地。

"芒鞋"丛书编辑部

2021 年 9 月 10 日

目 录

CONTENTS

我一直认为，所谓英雄，某种程度上类似是敢放手一搏的"赌徒"，敢于孤注一掷，铤而走险，甚至不惜以生命为代价。然而，仅用金钱和财产下注的赌徒，不过是俗世的以投机为手段的混世魔头，不会成为英雄。只有那些敢于用历史下注，用一个时代下注，用自己的生命下注，为历史发展进程做出奋力一搏，去博得个体生命在历史长河中位置的，才有可能成为英雄。

英雄如日月，释放干净的光芒；英雄如日月，供地上的人们仰望。人类的很多历史都是空白，只有英雄永远活着。

我从来没想过要成为英雄，但是，我的身上确实潜伏着"赌徒"的品性，几十年来，常有为某人某事拼死一搏的冲动。可是，稍微冷静一下，或随手点燃一支烟，理性就战胜了冲动。当然，更多的时候是觉得有些事，是不值得去搏杀出一个是非曲直的。其实，假如不在意输赢，放手一搏是一件快乐的事儿，有道是：男儿生在天地间，该出手时且出手。社会生活中，每个人都有或大或小的"搏"的时刻，至少是要付出身体或精神的力量，来获得生活的必需品和舒适的生存环境。

2021年4月初，我被一个好朋友怂恿，准备冒一次险，赌一把，走一段赌徒的路。一切安排就绪后，到了现场才发现，赌徒不是什么人都能做的，不是什么人想赌就能上赌场的。我没当成赌徒，却让我更加想念另一个赌徒——邓艾。

事情是这样的，甘肃省陇南市文广旅局局长毛树林，邀我一起徒步探访三国邓艾偷袭江油关时的"阴平道"，我答应了。徒步翻山越岭穷尽"阴平道"，这是件很刺激的事儿，即使没有写作的欲望与企图也值得一走。可是即将成行时，毛局长又打电话来说："我要到成都开会，我找了宕昌的马昱东陪你一起走'阴平道'。马昱东跟你是老朋友，身体好，对三国史也有研究，你俩可以边走边聊，六七个小时就能从青川走到文县碧口镇了。"我说："好！"

第二天，马昱东就来到我家，我俩对徒步走完"阴平道"信心满满，并约定4月11日四川广元见。

4月11日，我乘飞机落地广元盘龙机场。来机场接我的是甘肃文县文化馆的馆长罗愚频和干事李辉。这两个人我都不认识，可在机场一见面，他们却说认识我。我一愣，是不是我有健忘症了？由于有"脸盲症"，这些年我闹了很多尴尬事儿。我问："我们见过吗？"两个人笑着说："看到您在《蜀道青泥》上的照片了。"我们都哈哈一笑。

　　我们到广元市内接上马昱东，就往广元的青川县进发。罗馆长说："咱们下午到青川，先看看青溪古城，再看看青川的一段'阴平古道'，今晚就住在青川，明天一早我们就从唐家河上山，到摩天岭。"我说："好啊！"这时，我心里还踌躇满志地想着翻越摩天岭，穿行"阴平道"最艰险的一段，然后徒步走到文县碧口镇；甚至想到明天傍晚走到碧口镇一定要喝几杯烈酒。

　　从广元去青川的路上，看到了一处园林建筑，大门楼上有一块牌匾"天曌山"。看到这个"曌"字，自然就会想到武则天。我问罗馆长："来过这里吗？"罗馆长说："没来过。这里应该是现代人制造的景区吧。"我说："肯定是后人干的。武则天一定不是出生在广元，因为她自己都说是出生在并州，而且她活着的时候根本就没给利州（今广元）什么恩惠，却对并州（今太原）大加施舍。"罗馆长说："武则天不是出生在广元是肯定的，可是，作为旅游资源，广元也不会轻易认可这个说法。再说，唐朝开元年间确实在这里为武则天建了一座'皇泽寺'，咱们就葫芦僧乱断葫芦案吧。"我说："开元皇帝李隆基是武则天的孙子，人们给皇帝的奶奶建个庙，就是为了拍李隆基的马屁嘛。"我们哈哈哈地相视一笑。而此时，我心里正琢磨的是：大声豪气地争武则天的出生地，是单纯地为获得旅游资源吗？难道就没有傍名人的想法？傍名人，也是中国人的劣根性之一。武则天是历史名人，可怎么评价她呢？她自己立个无字碑，就是拷问后人：看谁有资格评判我！

在儒家人的眼里，或者在以男权为主导的社会形态里，武则天是大逆不道；在史学家的眼里，武则天加快了历史发展的进程；在我的眼里呢？我个人有点保守，不太喜欢牝鸡司晨。所以，作为诗人武则天（《全唐诗》等录有其诗58首，但多为庙堂祭奠之作），我更喜欢她带着明显女性情感特征的诗歌，比如："看朱成碧思纷纷，憔悴支离为忆君。不信比来长下泪，开箱验取石榴裙。"缠绵悱恻、似水柔情、云遮雾绕、伤春惆怅，这才是女人武则天，女诗人武则天。

到达青川县城时，已经是午后一点多，青川县文管所的办公室主任孙禹带我们在路边的一家饭店饱餐一顿。几盘菜、一盆米饭。菜是地道的四川菜，只是米饭差了点儿意思，我这个吃惯了东北大米的人，吃其他地方的米饭，总觉得缺了点儿亲切感。饭后我们住进一家不大的宾馆，房间很旧，但很干净。因为没到旅游旺季，宾馆里也很清静。

在宾馆房间里，稍作休整，我们就出发去青溪古城参观。

太阳很大很亮，风也似有似无。空中有几片云静止着，像镶嵌在天空画面上的"活景"。川北山区的天气与甘肃陇南南部山区的天气很相像。

青川县是迄今有2300多年历史的古县城，青川之名因"其水清美"而得。"其水"即沿城而过的青竹江。自西汉置郡至今，历代设置州、县、郡、所、司、汛17次，是历史上秦陇入蜀的咽喉要冲，是川、陕、甘三省的交界，可谓"鸡鸣三省"之地。

青溪镇是个有1700多年历史的古镇，是三国时蜀汉政权设立广武县时所建。诸葛亮认为这里是军事要塞"秦蜀咽喉"，所以设置军事关卡，在这里驻军。青溪之名，大概也是因为有青竹江流过而得，这里曾经是青川县政府的治所。青溪城最早是从什么朝代有建制的，我不得而知，但这个地方肯定是交通咽喉，也是阴平古道上的重要关隘，历来为兵家必争之地。也因地理位置是东西南北的交会地，历史上，这里也是商贾云集的地方。当然，现在天上、地上的交通都很发达，这里的军事、商贸地位已荡然不在，古代留在这里的道路、遗迹，仅是供研究、瞻仰和观光旅游的资源了。

一座廊桥成为这个古镇的分界线，桥的一面是古城城墙，另一面则是现代化韵味的城镇。我站在廊桥上向新城镇方向看了几眼，就走向古城。

进入古城，门廊一对柱子上刻着一副对联，我看了一会儿，觉得好玩。这副对联是典型的文字游戏，也是古代闲散文人们喜欢做的事儿。上联"青溪城城中流青溪"，下联"钟鼓楼楼内鸣钟鼓"。文字游戏是不能细琢磨的，仔细一琢磨就是空空如也了。

这座古城是2008年"5·12"大地震后重新建造的，据说是浙江温州市援建的。古城的建筑是明清的风格，遵循了修旧如旧的原则，看上去效果还是很好的。因为不是旅游旺季，古城里很安静，我们几个人在城里走来走去，并没有引起各家居民、商户的注目，足以证明这里曾热闹非凡，所以，居民们见到外来者并没有陌生感。

古城有一条主街，街的中央是一条小水系，而且是与外部水系连通的活水。各家各户都在门前摆放着各种花草和奇石，有江浙地区的风情。这些花草、奇石沿水边整齐地摆放着，一方面说明这样做是古城管理者的要求，另一方面证明着居民、商户在新建古城里生活的新面貌。我们把一条街走完，就上了城墙。站在城墙上才发现，这座古城只有三面城墙，东、西、北三个城门，城门外有瓮城，瓮城不大，看得出是因仿古的需要而建。北门上有敌楼，应该是这座古城的主城门，敌楼两侧各有一面巨大的战鼓，战鼓旁各有一尊雕像，一尊是马岱，一尊是廖化。不用多说，这二位是当初设立青溪镇时的守军将领。我看了一下马岱的简介，写着"马岱，羌族"。我喊来马昱东问："马岱怎么是羌族？"马昱东说："他应该没有羌族血统，马超的妈妈是羌族。"我之所以问马昱东，是因为他也是马援这一支马家的后人，但不知道在马援之后是马超还是马岱或马某某的后人了，他们的家谱上只标注了祖籍"陕西扶风堂"，马氏家族有很多支脉，但"陕西扶风堂"只有马援家这一支。

说马超是羌族，还是说得过去的。马超的父亲马腾在落难时，曾入赘到羌寨做女婿，并生了马超。但马岱是马毅的儿子，是马超的堂兄弟，不会是羌族。现在许多旅游景点的文字都欠考究。我还看到过把著名人物的籍贯、宗谱弄错的，至于将生平、事迹、著述弄错的就更多了。

马岱在马超活着的时候，在蜀汉是个可有可无的人物，和廖化共同戍守青溪镇，也就是廖化的一个帮手而已。马超死后，刘备和诸葛亮才开始重用马岱，让他多次随军北伐。马岱被重用，也是马超临终前给刘备写了一封遗书："惟有从弟岱，当为微宗血食之继。"（《三国志》）马岱一生做的最大的事，就是在诸葛亮死后，与杨仪合伙杀了魏延。但是，马岱的后人却做了一件惊天动地的事儿，他的孙子马邈镇守江油关，邓艾偷袭到江油关时，马邈竟投降了，然后与邓艾合兵一处去攻打成都，导致蜀汉的迅速灭亡。

我对马昱东说："你们老马家在历史上很厉害，也很憋屈，有好人，也有罪人。"马昱东说："不光是我们马家，历史上哪个大家族都这样。"我说："你们马家更突出些。你看马援，论战功，在东汉无人能比，可是刘秀就是不信任他，弄得老马援70岁了还要求去打仗，还豪言壮语要'马革裹尸'。其实，马援要不是经常在外作战，若常年留在京城，早就被弄死了。还有马超，刘备取四川，马超也是第一功臣。可是，刘备一直防着他，给他虚名，不给实权，更不给兵权，弄得马超想尽忠都没有机会，终于郁闷而死。马超死了，刘备才敢放心地用马岱，因为马岱的身份、影响力、能力都不能和马超相提并论。最简单的一件事，马岱是哪年死的，怎么死的，史料上都没有记载。至于马岱的孙子马邈投降邓艾这件事，确实伤了蜀汉的心，但对历史发展进程有功。马邈献江油关和吴三桂献出山海关，对历史的贡献可以不分高下。"马昱东听着我的谬论，不时地咧咧嘴，最后说："马邈是不是马岱的孙子这个事儿，我查过史料，没查到确凿证据，但野史上都这么认定，大概、也许、可能、差不多吧。"我说："你就别为你们马氏家族辩护了。青泥岭上的抗金英雄吴玠的孙子，不是也在两军阵前投降金国了吗？还有，刘备的二大舅哥糜芳不是也不战而降地献了荆州吗？糜芳不投降，关羽哪能被捉住？哪能被杀了？你们马氏家族很不错了，百家姓里，有几个姓氏能与你们马家比肩的？"马煜东说："你们商家都有什么人物？"我说："我们商家有伟大的商汤，也有混账的商纣王。""商鞅呢？""商鞅不姓商，姓公孙。再说了，我觉得商鞅也不是个什么好东西。"说完，我们都轻松地一笑。确实，几千年来，哪个姓氏里都出过让人骄傲的人物，也出过让人羞愧的混蛋。人世翻覆，沧海桑田，朝代更迭，白云苍狗，是极为正常的事。况且，有史以来，甘愿为奴的人，大大多于舍生取义的人。有些人只知道生命仅有一次，却不知道损品德、损声誉会让几代后人蒙羞。品德、声誉从历史的角度来看，真比生命重要。

马邈为什么投降？蜀汉为什么那么快就灭亡？我们留在后面再叙吧。

从青溪古城出来，天就下起了小雨。细细的雨，不慌不忙的雨，这是四川人的性格。

孙禹主任又带着我们去看一段阴平古道在青溪的遗址。我们在一条小河边停下，孙禹指着一座古旧的桥说："这是金桥，清朝建的，建桥以前，人们还是走阴平古道，桥沟通了金河两岸，算是改进了的阴平道。"桥已经被围了起来，可能是为了保护桥身。我们在桥边看到了两块石碑，一块碑是《双龙场记》，一块是对金桥的介绍文字《石拱桥》。《双龙场记》的碑文有一部分被侵蚀得看不清了，《石拱桥》的文字很清晰，估计是当代修复过。

我们走近山体下，看到了一些栈道孔，山根下现在还有一条小路，已经很窄了。孙禹及当地的村支书肯定地说："这就是当年邓艾大军开辟并走过的阴平古道。"我们又往深处走了一段，在山体上还看到了供奉佛和土地爷的石窟。从石窟的形制上看，应该是南宋以后开凿并留下来的。

我们站在这个似路非路的地方，向平武、江油方向张望了一阵儿，遥想邓艾也许也是在这里向平武、江油方向张望的。我向平武、江油方向张望，看到的是历史的惆怅；而邓艾站在这里向平武、江油方向张望，看到的是即将胜利的喜悦。

走平武、江油是邓艾计划里的第二条偷袭路线。《三国志·邓艾传》记载："维遂东引，还守剑阁。钟会攻维未能克。艾上言：'今贼摧折，宜遂乘之，从阴平由邪径经汉德阳亭趣涪，出剑阁西百里，去成都三百余里，奇兵冲其腹心。剑阁之守必还赴涪，则会方轨而进；剑阁之军不还，则应涪之兵寡矣。军志有之曰：攻其无备，出其不意。今掩其空虚，破之必矣。'"

邓艾的意思是，先从阴平（文县）出发，而后转入（阴平）邪径，经过汉德阳亭到达涪县。但是，邓艾没走汉德阳亭，而是走了平武、江油，为什么？看一下地图就明白了，去平武、江油，大致走的是现在 S105 省道路线，而走汉德阳亭是宝成铁路边上的县道，这两条道路之间，隔着东北到西南走向的龙门山山脉，无论在东汉还是现在，都是根本不能连通的两条路。邓艾在阴平上报偷袭蜀汉计划时，说的是走距离剑阁比较近的汉德阳亭，绕过剑阁突袭涪县的方案，第一种可能是诡计，所谓"兵不厌诈"；第二种可能是对当时的蜀汉地理不熟悉。我更相信是诡计。欲想偷袭成功，就是要躲避所有耳目。

邓艾走到青溪镇的时候，未被蜀军发现，心里大概已经充满喜悦了，甚至觉得成功在握，成都在手了。

雨缠绵地落着，天渐渐地黑了起来。青川县文管所的孙禹主任带我们去吃火锅。火锅这种草原民族的饮食方式，被巴蜀人民成功改造，现在已经是川菜体系中具有代表性的饮食了。我在北京就听说过有人坐飞机到成都或重庆，就为了吃一顿火锅。

大家坐定，马昱东问孙禹："孙主任，我们能翻过摩天岭，走到文县吗？"孙禹说："我们四川这边的路很好走，你们甘肃那边根本没有路，你们走不过去的。而且山里没有电信信号，手机也不能用，发生情况都很难和外面联系。"我们几个交换了一下眼神，罗馆长也跟着说："估计是走不过去，文县那边没修过这条路。当年的栈道早就没有了。现在是山深林密、杂草丛生，恐怕是无路可循。"马昱东说："咱们明天上到摩天岭看看再说。"

听到文县那边没有路，我有点儿胆怯了。密林之中我们没有开路的工具，没有向导，手机无用，甚至都没有指南针，崇山峻岭该怎么走？我问："山里有野生动物吗？"孙禹说："野生动物很多，大熊猫、黑熊、金丝猴、羚羊、羚牛，等等吧，但最可怕的是蛇。这个季节蛇最多，其中竹叶青蛇毒性很大。"

听到有蛇，我的身上就开始一阵发冷，对软体动物的畏惧，大概是与生俱来的。忽然就想起柳宗元《捕蛇者说》中的句子："永州之野产异蛇，黑质而白章，触草木，尽死；以啮人，无御之者。"瞬间，我在北京信誓旦旦要翻越摩天岭的决心，被摧毁殆尽。人的心理建设都是在意念中完成的，而意念的死敌是现实。

我爬过许多山，都是有路的山，虽然多次看到过路边的蛇，但都是我看蛇，蛇不理睬我。我与蛇互不打扰，我走我的路，蛇睡蛇的觉。明天在荒山野岭上如果踩到蛇会怎样？冷，好像室外的雨淋到了身上。

火锅沸腾了，酒也倒满了，我们开始边吃边喝边聊，身上暖了起来。

话题不再是我们明天能不能翻过摩天岭，而是聊川菜、川酒和青川的风土民情。正聊着，马昱东的手机响了，是陇南市文广旅局局长毛树林打来的，问："你们明天能不能翻越摩天岭？"马昱东看着我，我故作坚定、其实是带着玩笑的口吻说：

"告诉他，一定翻过去。"马昱东对着手机说："毛局长，我们明天能翻哪！放心吧！"马昱东放下电话，对我说："商老师，咱们可是要真翻摩天岭啊。"我有点儿心虚，但是却壮着胆子大声说："翻！"大家都看出了我的心虚，因为我突然把声音放大了。

马昱东带着揶揄的口气说："商老师，邓艾当年翻越摩天岭时已经66岁了，而且穿着铠甲，拿着兵器，您今年才61岁，还空着手，没问题的。"大家听了都笑起来。是调侃我，是鼓励我，也是在逗我开心。我说："好。明天咱们翻过去。"笑归笑，说归说，心里打鼓的声音一直没停。

酒是一种神物，刚才为翻越摩天岭产生的慌张和因毒蛇而引发的恐惧，很快就被几杯酒镇压下去了。走出饭店，天已经黑透了，黑得让岷山都有了隐身的机会。

我也隐身在岷山下青川县的黑夜里，只有刚喝下去的酒，好像哽在喉咙间，不肯入胃。

突然就想起一首诗，忘了是在哪儿看到的，也忘了是谁写的了，诗如下："半生风雨半生忧，一杯苦酒难入喉。山后本是清静地，奈何俗人一身愁。"这首诗虽然稍显轻浅，但也是对人生的觉悟，尤其在此时想起，我也算是拿来应景一用了。

我们回到宾馆，洗漱，睡觉，明天是否翻越摩天岭，明天再回答。

第一章

国破山河在

杜甫先生在诗中说的"国破山河在"，指的是蜀汉吗？因为历史上有"占蜀地而夺天下"的说法，所以，巴蜀地区在春秋时期之后，就一直处在你来我往的战乱之中。好在是"青山依旧在，几度夕阳红"。

　　大家知道，我国是历史上四大文明古国之一。所谓"文明古国"的标志一般要具备三个方面的条件：第一，要有可供百姓居住、交易、生活的城市。城是居住环境，市是用来交换生活、生产资料的市场。第二，要有文字。没有文字就谈不上是发展的文明。第三，要有相对复杂的宗教性的建筑。关于古代中国在这三方面的成就，我无须赘述。但我要加上第四条，那就是，这个文明地区的人们要有非凡的创造力。

　　我看到一份资料说，我国的先民们有三大创造：一是修建了万里长城；二是开掘了京杭大运河；三是开辟了多条蜀道。前两项都已"申遗"成功，希望"蜀道"也能"申遗"成功。

　　巴蜀地区四面环高山，只有一条对外开放的路，是长江水道。水道危险度高，且要受江水的流速、涨落、天气、风向、船只等的限制，毕竟不是来往自由的寻常道路。那么，开辟通往巴蜀的陆路就成为彼时政治、军事、经济、文化及百姓生存的迫切需要。我们的各族先民，自上古开始至汉唐，在秦岭和岷山的几处隘口，开辟了七条蜀道之多，足见创造力之强。

　　开辟蜀道，确实要有强大的创造力和巨大的精神忍耐力。李白说："蜀道难，难于上青天。"这句话尽管有些艺术夸张，但是开辟蜀道难是事实。所谓蜀道，基本上是"陇蜀道"。广义地说，是甘肃通往川渝的路；狭义地说，是甘肃陇南地区通往川渝的路。

关于多条蜀道的开辟、建造，民间有许多近乎神话的传说，考据学领域也有许多很专业的文章大论。而且，有一批专业研究、考证蜀道的专家。我不是研究蜀道或研究交通史的人，只对感兴趣的事情专注。我偏爱历史，偏爱《三国演义》，并不偏爱蜀道。但是现在，我对阴平古道正兴趣盎然。

阴平古道，少年时读《三国演义》就知道了，那时特别憎恨邓艾，觉得邓艾太阴险了。但是，关于阴平道是怎样的一条"邪径"，没有概念。"邪径"应该是和"正道"相对的。所谓"正道"，是那些通往都城和首府所在地的大路，而"邪径"大概指非正常的途径。直到前些年，印象里的阴平道，无论"正道"还是"邪径"也只是和邓艾联系在一起的名词。对于没见过阴平道的我来说，阴平道就是小说中的一个背景，一个虚幻的存在。直到 2020 年 11 月，我踏上了阴平古道，并徒步攀爬了五公里，才实实在在地感受到了阴平古道是凶险的存在。

2021 年 4 月 12 日一早，甘肃文县文化馆罗愚频、李辉，甘肃宕昌县马昱东和我，在四川青川县文管所办公室主任孙禹的带领下，踏上了阴平古道。我们从四川青川的唐家河向甘肃文县进发，和当年邓艾走的方向相反。行进在路上，孙禹说："我们现在走的路，基本上是经考证过的阴平古道的原址。"没走多远，看到一块路标指示牌，牌子上的箭头指向"阴平村"三个字。经问询，据说当年邓艾率大军过了摩天岭，曾在那里驻扎、休整，后人就把那里叫作阴平村。现在是集休闲、度假、餐饮于一体的"农家乐"。

我们走到一条小河边停下来，孙禹指着一座被树木杂草掩映的桥说："那是'落衣桥'，桥下这条水沟叫'落衣沟'，传说当年邓艾走到这里，身上的衣服被风吹落，掉进这条水沟里，后人就把这条沟取名'落衣沟'，建造的桥就叫'落衣桥'了。"我们纷纷到沟边观看，拍摄那座陈旧的桥。这座桥是石头桥，桥身长满了植物、苔藓，从桥体的石头看年代并不久远，或许是魏晋或唐宋时修过一座桥，坍塌了，后人（应该是清末或民国时）又修建了现在的这一座。其实，这座桥何时修建的不重要，重要的是用这座桥、这条沟来证实邓艾确实率大军从这里走过。中国的许多地名，就是历史事件的遗址。邓艾作为第一个率大军（偷袭）走阴平古道的人，一定会留下许多遗址，这些遗址可能就成了村落、沟、坎、桥、路等的署名。"落衣桥"这个名字不错，邓艾刚一入川，风就把他从甘肃文县穿来的布满艰辛的衣服吹掉，让他轻装进军。

再向前走，看到一块巨大的石头立在路旁，上面镌刻着"阴平古道"四个大字。看得出来，这块石头是近些年镌刻并立起来的，上面的字也是当代人书写的。过了这块大石头，就进入"唐家河自然保护区"了。孙禹和保护区的管理方沟通了一阵儿，我们才得以进入。

我们四个人互相对视了一下，潜台词是：我们现在就开始爬摩天岭了！

上山的路修得很好，都是石板或水泥台阶，路依山傍水。邓艾的大军一定是走依山傍水的路。其实，河谷两岸本身就是路。没走多远，就看到路上有新鲜的羊粪、牛粪。李辉说："这是羚羊和羚牛从这里刚走过去。"孙禹说："羚羊和羚牛每天早晨到河边喝水，从这里经过。"我机警地往山上看，希望能看到这些野生的羚羊或羚牛，但是什么也没看到。

走了一个小时左右，看到一座小亭子，我想这应该是给游人小憩的地方。我们走了过去，亭子上刻着"玄鹤亭"，边上立着一块牌子，上面有关于"玄鹤亭"的介绍。仔细一看，是《三国演义》中的一首诗："阴平峻岭与天齐，玄鹤徘徊尚怯飞。邓艾裹毡从此下，谁知诸葛有先机。"我内心一笑，这块牌子上的内容立于此地，有点过于牵强。于是，我接着想，是不是前面还要有一个"裹毡亭"呢？我们坐下来休息，马昱东跳到河边用手捧着河水喝，我也渴了，学着马昱东那样喝了几口河水。水很凉，但也很甜，这条河的水都是山泉水。李辉说："山坡上流下来的泉水，还要再凉些。"

稍作休息后，我们继续往山上爬。走了一小时左右，又看到一处亭子，果然是"裹毡亭"。罗愚频馆长站在"裹毡亭"边儿上四处看，然后说："这个地方没必要裹毡往下滚啊！山坡很缓嘛。"我们也跟着四处看,最后断定,这里是个休息区,管理者怕在这里休息的人们寂寞,所以就把"裹毡亭"的牌子立在这里了,让大家看着去遐想。

爬山很累,但不耽误我们又说又笑。又说又笑还可以取代又饥又渴。

"裹毡亭"旁边有一块道路指示牌,标明"裹毡亭"距摩天岭还有4千米。按说4千米并不远,但是爬山的4千米就不能按平地的4千米计算了,况且,我们已经爬了两个多小时山了。他们的身体反应如何我不知道,我已经感觉到身体极度疲劳了。身体的疲劳有时会影响到精神。还好,我那时的精神还很饱满,所以,咬着牙也不说自己累了、爬不动了,我不能再给马昱东一次用66岁的邓艾来挤兑我的机会。

最后这4千米,我们又爬了一个多小时。看到摩天岭的牌楼时,李辉几个健步跑到我们前面,站在山顶拿着手机,录拍下了我们到达摩天岭时疲惫不堪的狼狈相。

我们站在了摩天岭上,一个很大的"摩天岭"牌楼在群山之中,显得并不高大。过了牌楼有一块界碑,一面是四川界,一面是甘肃界。我们站在界碑旁向甘肃文县方向看,果然是山深林密,无路可循。我们没有可能从摩天岭走到文县去了,路不允许,身体也不允许。但是,我们还是走过界碑,向文县方向走出了十几步,也算到了文县吧。

我看到一群鸟儿,从甘肃文县轻松地飞过了摩天岭,向四川青川飞去。这些鸟儿的户籍，是甘肃的还是四川的？天空中有阴平道吗？鸟儿懂得偷度吗？

摩天岭是什么时候被命名的？邓艾偷度的时候叫什么名字？

摩天岭位于川、陕、甘三省交界处，曾名为青塘岭、青云岭，首用摩天岭之名的应该是《三国演义》的作者罗贯中，之后便被沿用至今。可见，一部优秀的文学作品对社会生活的影响力是巨大的。

说起《三国演义》，就想起罗贯中在《三国演义》中写到邓艾率大军爬上了摩天岭，看到诸葛亮在一块石头上题写的："二火初兴，有人越此。二士争衡，不久自死。"吓得魂飞魄散，慌忙跪地叩拜说："武侯真神人也！艾不能以师事之，惜哉！"不得不说，那是罗贯中为了进一步神化诸葛亮而设置的情节。诸葛亮也许会想到这条大山中的阴平道不安全，但绝对不会确定在蜀汉的"炎兴元年"邓艾来偷袭。有野史说，诸葛亮曾在摩天岭安排驻扎了一千人的军队，后来，诸葛亮死后，宦官黄皓怂恿后主刘禅把这里的驻军撤了，这当然是为了增加宦官黄皓的罪恶而记录在坊间野史上的。如果真有一千守军，十个邓艾也过不了摩天岭；如果真有一千守军，邓艾无论如何也不敢来偷袭的。

陈寿在《三国志》中，对邓艾偷度阴平古道、袭取蜀汉的那一段，写得也非常生动："自阴平道行无人之地七百余里，凿山通道，造作桥阁。山高谷深，至为艰险。"邓艾"以毡自裹，推转而下，将士皆攀木缘崖，鱼贯而进"。很多考证者认为，邓艾"以毡自裹，推转而下"是无路可走时，裹着毡子滚下山崖，我认为不会是那样的。"以毡自裹，推转而下"有两种可能：一是大军一路疲惫，意志力降低，邓艾为鼓舞士气，率先垂范，"以毡自裹，推转而下"，其实和"刘备摔孩子"一样，也是作秀。二是邓艾偷袭阴平道时是263年"冬十月"，我没有查万年历，但估计是公历的十一月到十二月之间，也就是深冬季节，邓艾大军到达海拔2200多米的摩天岭的时候，山上会不会有积雪？如果有雪，"以毡自裹，推转而下"，那就是滚雪地而下，岂不是一个省时省力的下山方法？电视剧《三国演义》在表现"以毡自裹，推转而下"这一段时，邓艾和士兵们站在摩天岭上，身后是满山葱绿，还有许多花在开放，尤其是邓艾率士兵裹着薄毛毡滚的是陡峭山崖。显然是为了渲染，但是季节错了。一定是导演没读到《三国志》中的"冬十月，艾自阴平道行无人之地七百余里……"

我们站在今天的摩天岭上，很难想象当年邓艾站在摩天岭上的感受。不过，有一点应该是相同的，要么"高处不胜寒"，要么"一览众山小"。其实，所有峭拔险峻的山岭，都是为英雄准备的，都是对英雄的呼唤。不敢冒险的人，永远成为不了英雄。敢于交付身家性命于国家的人，才可能成为真正的英雄。危乎高哉的山，是厚德载物的榜样；危乎高哉的山所呼唤的英雄，也必须具备危乎高哉的德性与品格。卑鄙的机会主义者，也许会登上高山，但因德不配位，很快就会被高山遗忘，成为历史的笑柄。鼠窃狗偷，侥幸而已。

站在摩天岭向南看，我看不到唐家河、青川、江油和成都，但是，我认为邓艾站在这里时，已经看到了江油和成都。人一定要到达的那个地方，不是依靠眼睛，而是仰仗心境的旷远和坚定的信念。

现代的一位学者韩定山先生，曾提出邓艾偷袭江油关时，并没有翻越摩天岭，引起学术界的一片哗然。罗愚频馆长对我说，他也写过这方面的文章。我在罗愚频馆长的《邓艾偷度阴平考》一文中，看到了这样的一段话："邓艾偷度摩天岭之事，自现代学者韩定山先生《阴平国考》出，质疑纷纷，否定邓艾过摩天岭的文人士子甚众。我也曾于1997年写成《邓艾到底过没过摩天岭》一文呼应之。近十年来，因工作的关系，我参与了全国第三次文物普查工作，在此期间发现了一些文物古迹，又重新引发了我对邓艾翻越摩天岭偷度阴平这一史实的思考。我披阅大量史书，并三次实地考察。悠哉悠哉，辗转反侧，重新确定了邓艾翻越摩天岭偷度阴平，这一事件是确定存在的。"那么，邓艾究竟是否翻越过摩天岭？我的回答是：一定翻越过。不然，我不是白白地爬上摩天岭了吗？（笑）

我们在摩天岭上盘桓了一阵，就开始下山。

上山时，我的眼睛只盯着脚下的路，生怕一脚有失；下山时心情放松，就开始看左右的风景。这是岷山山脉，秀丽中带着雄壮，比起北方的山多了些妖娆，比起江浙的山多了些伟岸。这座山上的植物种类也非常丰富，一路上，罗愚频、马昱东、李辉、孙禹不断地指认各种植物，也有他们都不认识的。我对植物知之很少，所以，他们关于植物的对话，我根本不敢接话茬儿。

群山叠翠，树木叠翠，花草叠翠，溪水叠翠，鸟鸣叠翠。

我们在下山的途中，在半山腰的一块石头上，看到一副野山羊的骨架，李辉走近前看了一会儿，说："不像是被大型野兽吃掉的。再说，这山里除了熊，也没有大型食肉动物。熊抓羊的可能性不太大。"我开玩笑地说："难道是被人吃掉的？"李辉却认真地回答："有可能是人干的。"我想到邓艾大军是偷袭，不会带很多粮草，那么从甘肃文县出发翻山越岭走到这里要几天的时间，他们一路吃什么？野兽、野果应该是主要食物吧。

还看到一群金丝猴在路两边的树上戏耍。我们看这些猴子，带着喜悦和新奇。而猴子看到我们，也带着新奇，新奇之余还带着警惕。

对大自然破坏力最强的是人类，对大自然依赖性最强的是野生动物。所有的野生动物都对人类充满警惕；所有的人对他人也都充满警惕。

我在想，难怪古人要想尽办法开通蜀道，仅是来观赏风景也是值得的，何况还是物产富饶之地呢。蜀地有"天府之国"的雅称，古人用几代人的智慧和力量来开通蜀道，就是要来蜀地看看天府的样子？

蜀地，或说巴蜀之地，是古人类的发祥地之一，上古史已有巴蜀地区人类活动的记载。传说中的"鱼凫""蚕丛"等氏族部落都很古老。巴蜀地区和中原地区一样，历史上各个时期都充斥着内争外斗。西汉以后，随着政权的稳固，巴蜀地区也归于平静。刘备夺取巴蜀（益州）后，诸葛亮殚精竭虑、鞠躬尽瘁地经营，政治、经济发展得不错，就是常年打仗，内耗太大。刘备、诸葛亮等老一辈创业者死后，刘禅这个扶不起来的二傻子皇帝，既没有行政能力，又没有经营能力，加上日夜笙歌、听信宦官逸言，弄得蜀汉政权内部人心涣散，不思进取，唯一想尽忠报国的姜维，也因惧怕宦官作祟，只能驻外在沓中屯田。当所有的人都不愿意效忠皇帝和政府的时候，外部的任何一股力量都可以把这个政权摧毁。邓艾正是看到了蜀汉政权的摇摇欲坠，才敢冒险一搏，偷袭阴平道。邓艾的身上有赌徒的作风，但是，他的潜意识里坚定地相信，只要他的大军一入蜀地，大部分蜀军定然闻风归降。邓艾的赌注是自己的生命和整支部队的生命，赌具是"阴平邪径"——阴平古道和勇气。

马邈为什么献出江油关投降？也是因为看不到蜀汉政权的未来和希望了。谁愿意为一个昏庸无能的政权拼命？况且，驻守江油关的士兵也不会有什么战斗力，将领不想战，士兵更懂得惜命。邓艾一共有三万兵马，在沓中与姜维打了一仗，必然有耗损，减员两千以上是有的；走七百里无人烟的阴平道，也必然有耗损，应该是十剩六七的状况，那么到青川时三路部队能有多少兵马？估计不会到两万。有史料说，邓艾到江油关的兵马只有两千。而这些疲惫之师能有多高的战斗力？马邈手中至少有三千兵马，若固守江油关，并送信向成都刘禅和在剑门关驻守的姜维求救，刘禅和姜维若发兵前来，邓艾不是要被围困在江油关下全军覆没吗？但是，马邈没往成都送信，也没通报姜维，而是选择了投降，足以说明马邈对蜀汉已经凉透了心，要鸟儿奔亮处飞了，要"良臣"择主而事了。一个政权执政者的作风、性格，就是这个政权的作风和性格。刘禅是扶不上墙的烂泥，蜀汉政权也是一滩烂泥。

关于马邈投降，历史上的文人墨客进行了大量的演绎。罗贯中在《三国演义》中把马邈描写成了一个甘心投降的小丑。他这样写道：

却说江由城守将马邈，闻东川已失，虽为准备，只是提防大路；又仗着姜维全师守住剑阁关，遂将军情不以为重。当日操练人马回家，与妻李氏拥炉饮酒。其妻问曰："屡闻边情甚急，将军全无忧色，何也？"邈曰："大事自有姜伯约掌握，干我甚事？"忽家人慌入报曰："魏将邓艾不知从何而来，引二千余人，一拥而入城矣!"邈大惊,慌出纳降,拜伏于公堂之下,泣告曰:"某有心归降久矣。今愿招城中居民,及本部人马,尽降将军。"艾准其降。遂收江由军马于部下调遣,即用马邈为向导官。忽报马邈夫人自缢身死。艾问其故,邈以实告。艾感其贤,令厚礼葬之,亲往致祭。魏人闻者,无不嗟叹。

近代川剧剧作大师黄吉安先生,创作了一部川剧《江油关》,他把剧情设计为邓艾入江油关后,就斩了投降的马邈,并祭奠忠烈自尽的李夫人。当有人问及黄吉安先生,何以与史实不符时,他愤慨地说:"马邈投降变节,不忠不义,连自己的老婆都看不起他。邓艾不杀他,罗贯中不杀他,我要杀他,不杀不足以平民愤,不杀不足以辨忠奸!"该剧后来经多次改编,成为川剧中的经典剧目,很受群众欢迎。特别是抗日战争时期在后方的演出,唤起了民众对卖国贼和汉奸的同仇敌忾之情,成为鼓舞全国抗战的"活报剧"。

也是抗战时期,著名京剧表演艺术家、四大名旦之一的程砚秋大师,将川剧《江油关》改编为京剧《蜀亡鉴》,亲自饰演李夫人,在舞台上,将马邈这个"投降小人"痛骂得体无完肤。

在抗战时期之外,人们对误国、卖国、投降、汉奸之流,有史以来也都是痛恨至极的。

那时,还有一个对蜀汉政权失去信心的"卖国贼",而且是比马邈更有说服力的人,这个人是谯周。

谯周曾是刘禅儿童到少年时的老师——太子家令，刘禅继位后任光禄大夫，虽不算是贴身近臣，但是，因为他通晓《易经》、懂天文、知地理、善预测、能演算吉凶，刘禅遇到什么难解的事儿，总要找他掐指算一下或推演打上一卦。

谯周是今四川西充县人，蜀地著名的学者，他有个雅号叫"蜀中孔子"，足见其博学多才。他一生做了两件大事，第一是力劝刘禅投降，第二是培养了一个影响后世的弟子陈寿。（罗贯中在《三国演义》中把劝刘璋投降刘备的事，也安在了谯周的身上，不过是为了让谯周的形象再恶劣一点。）

谯周因力劝刘禅投降，在史学界和民间的口碑都很差，"卖国贼"的名号一直背到现在。有一则"谯周书柱"的故事，被晋代的干宝收入《搜神记》中。原文如下：

蜀景耀五年，宫中大树无故自折。谯周深忧之，无所与言，乃书柱曰："众而大，期之会。具而授，若何复。"言：曹者，众也；魏者，大也。众而大，天下其当会也。具而授，如何复有立者乎。蜀既亡，咸以周言为验。

翻译成现代汉语就是：蜀汉景耀五年，蜀国皇宫中的一棵大树无缘无故地折断了。（光禄大夫）谯周看到后，深深地为此忧虑，但又没有什么人可以和他谈论这件事儿，于是，他就在自己屋里的柱子上写道："众多而且强大的力量，很快就会来到这里聚集啊。把政权完全交给他们吧，（蜀汉）如何能够恢复？"就是说：曹魏兵多人众而势力如潮，天下的人到时候会聚集在他周围的；曹氏具备了统一的条件因而把天下都给了曹氏，怎么能再有建立蜀汉刘氏王朝的人呢？蜀汉灭亡以后，人们都认为谯周的话得到了应验。

谯周还把刘备和刘禅两代君王的名字串起来解读，他说："备"是具备了条件，"禅"是禅让出去，合起来就是已经条件具备了，那就该让出去（给曹魏）。

可以看出，谯周早就准备好投降曹魏了。当然，也可以说，谯周早就算到了"蜀降魏"。

谯周曾写过一篇《仇国论》，清代的王夫之评价说："读周《仇国论》而不恨焉者，非人臣也。"不过，《三国志》的作者陈寿对谯周的评价大部分是赞誉的，在力劝刘禅出城投降的这件事上，也表现出爱到不能恨的客观。陈寿认为：谯周是一个认清了历史的潮流，希望天下尽快统一，让人民过上安居乐业的志士。我还是非常敬佩陈寿的。他坚守了儒家"一日为师，终身为父"的行为准则。但在这个问题上，我认为没有正义非正义可言，只有忠诚和悖逆可论。人的品质优劣与否，不是用政治、阶级、财富等来定位的，是对"忠孝廉耻"的理解与坚守来决定的。

在教导学生成长这一项上，我对谯周是充满尊敬的。一个一脸奴相、一身媚骨的老师，是教导不出有英雄气概、顶天立地的学生的。写《三国志》的陈寿、写《陈情表》的李密、晋朝开国大将罗宪，这几位弟子都证明了他们的老师谯周是教导有方、有效的。当然了，谯周教导弟子树立世道人心和自己参与国政，就不是一回事儿了。教导学生时，是端庄正义，传授修身齐家、尽忠报国思想；自己行事时，则见机行事。

其实，略懂一点三国史的人都明白，蜀汉灭亡是迟早的事儿。但是，唯独不能接受谯周这样一个饱读诗书的"太子家令""蜀中孔子""光禄大夫"，去力排众议，坚决地劝服自己的主子投降敌国。

无论如何，投降都是让人屈辱的事儿。投降，不能用识时务做遮羞布；投降，是骨子里有奴性！

谯周因劝刘禅降魏，司马昭说谯周"有全国之功"，遂封谯周为阳城亭侯，迁骑都尉。遗憾的是谯周去洛阳赴任走到汉中就一病不起，直至死去，终寿70岁。谯周走到汉中时患的是什么病？肉体之病还是心灵之病？人类社会约定俗成的判断是：出卖养育自己的祖国、出卖恩惠自己的人，即使成为了幸存者，其所余的生存之路绝不会精彩。我喜欢：冻死迎风站，饿死不低头。

唐代诗人罗隐有一首《筹笔驿》的诗，后四句是："千里山河轻孺子，两朝冠剑恨谯周。唯余岩下多情水，犹解年年傍驿流。"此类讥讽谯周的诗词文章还有很多，可见，谯周在文人墨客的眼里，是一个人格猥琐、卑鄙，人品低贱、丑陋的矮子。

好了，关于谯周的是与非，我也不再多说。"江山留与后人愁"或者"古今多少事，都付笑谈中"。

一条"阴平邪径"被邓艾偷度，导致了蜀汉的灭亡，客观上确实缩短了历史发展的进程，为司马氏篡魏、建立统一的西晋王朝奠定了基础。因此，可以说邓艾是推动历史发展进程的英雄。

在邓艾偷度阴平古道1100年之后的明洪武四年（1371），阴平古道再一次被偷袭者利用。明军为伐蜀（夏），兵分两路向蜀地进发：一路为水路由东向西，在瞿塘峡与蜀（夏）军正面交战；另一路为陆路由北向南，为傅友德、顾时所率之部。出兵前，朱元璋密嘱傅友德征蜀方略："蜀人闻我西伐，必悉精锐东守瞿塘，北阻金牛（道），以抗我师。若出不意，直捣阶、文，门户既隳，腹心自溃。兵贵神速，患不勇耳。"傅友德在朱元璋的谋划下，尽善尽美地执行了那次征讨蜀（夏）的方略。先佯言出金牛道进攻，引起驻守瞿塘峡的蜀（夏）军注意，然后派人侦察，知道阶州（今甘肃陇南市武都区西北部）、文州（今甘肃陇南市文县）守卫力量薄弱，于是领兵急渡陈仓，以五千精锐为先锋，攀山越谷、不分昼夜赶至阶州。阶州守将丁世贞出城迎战，惨遭大败，随即命士兵断白龙江桥以阻傅友德。傅友德命士卒修桥抢渡，在五里关（今文县城北关家沟五里关）再败丁世贞，攻下文州全境。至此，阴平古道门户大开，傅友德迅速通过白水江，抵达碧口。其实，碧口距离成都尚远，途中还有多处天险。但傅友德认定蜀（夏）国人心离散，险关已无人可守，或无人愿意死守。傅友德的大军顺白水江河谷下行，走的是阴平正道，不是翻越的摩天岭。军至杲阳关（今青川县三锅石镇关垭山），蜀（夏）军薛文胜率军投降，"供给军储，指引道路"。其后，傅友德部势如破竹，高歌猛进攻克绵州（今绵阳），并命人将捷报书于木板，放入汉水向瞿塘峡一线对峙的两军传递，宣扬军威。然后，继续向前攻击汉州（今广汉市），傅友德趁士气高昂之机，率兵大败来援的戴寿部，进而围攻成都。最后，蜀（夏）国君投降。明王朝实现了天下大一统。

战争给人类带来的创伤，需要几代人来修复；而对大自然的破坏，尤其是对植被的破坏，可能只需几个春秋就能得到修复。大自然并不是容易原谅人类的恶行，而是有意把伤口留给人类自己去消受。

杜甫先生在诗中说的"国破山河在"，指的是蜀汉吗？因为历史上有"占蜀地而夺天下"的说法，所以，巴蜀地区在春秋时期之后，就一直处在你来我往的战乱之中。好在是"青山依旧在，几度夕阳红"。

下山时，我的思绪一直在想邓艾以及马邈、谯周、刘禅投降等蜀汉灭亡的事情，好像也把下山的路途给缩短了，很快我们又回到了青川县的青溪镇。

孙禹主任领我们到一家不人的饭店吃饭，那是午后两点左右，饭店里空空荡荡。我们进到饭厅里喊了几声，才把饭店午睡的老板喊出来。这一顿午饭，真好吃。菜好吃，汤好喝，米饭也好吃。我们几个在饥渴难耐的时候，吃到这么好的饭菜，其幸福感是无法描述的。

午饭后，我们和孙禹主任握别，谢谢他给我们的各种帮助。罗愚频馆长对孙禹主任说："这两天辛苦你们了，欢迎到文县来。"

罗愚频、马昱东、李辉和我，上车向甘肃文县碧口镇进发。我们走的是高速路，但一路上都有阴平古道的影子在我的眼前晃来晃去。邓艾、马邈、谯周、刘禅、傅友德的影子也在我眼前晃来晃去。

任何一条路，总是有起点与终点的；人的一生是一条路，一个王朝的兴起与灭亡也是一条路。

第二章

无忌的猜想

阴平古道是古氐族先民最早开辟、利用，最具影响力的陆地通道，因其地势险峻巍峨，易守难攻，历史上在此地为非造反、割据称王者不乏其人。自秦以来，此道又备受历代兵家所重视。过去，阴平古道虽然地处深山峡谷，山势陡峻，自然环境险绝，但这条道上的商贾行旅却是熙来攘往，络绎不绝，人气非常兴旺。

　　这个世界，给人们设置的谜题太多了。有时，就是身边司空见惯的事物，可能都包含着许多未解之谜。我们的先人，一直努力地把世上的万事万物解释清楚，如《山海经》《水经注》《天工开物》等，以及后来的《辞海》。但是，人类对自然物质的认知总是有限的，对历史深处的认知更是有限的。尤其是随着时代的发展、科技的进步，曾经被解释过的事物，现在看来未必都很准确，那些未被解释的事物，还一直在难为着我们。比如：阴平古道是什么人最先走出来的？为什么要走出这样一条险峻的小路？

　　阴平古道是什么人最先走出来的？我的回答是：氐人！

　　我之所以冒着被讥讽的风险敢说是氐人最先走出的阴平古道，是因为历史学家、蜀道专家没有拿出任何证据来证明，不是氐人走出的阴平古道。既然没有人确认是谁走出的，我为什么不可以猜想一下呢？当然，猜想不需要确凿证据，甚至不需要合理想象只需要努力地自圆其说就可以了。

　　从清朝修订的《文县志》中得知：文县"秦以前为氐族聚居，西汉始有汉人迁入"。

　　再看看四川青川县这边的历史记载："周武王姬发元年，即公元前 1046 年，今广元、巴中一带的先民建立'昔阝'（昔阝读 xī jí，我想应该是氐族语的音译）、'平周'两个氐族侯国和一个羌族侯国'奉'。当时的国都分别位于今广元市昭化区石盘村土基坝、旺苍县东河镇、苍溪县歧坪镇。昔阝国辖管范围大约是今绵阳的梓潼县，广元的剑阁县、青川县、利州区、昭化区。平周国管辖今广元的旺苍县、苍溪县。奉国管辖今广元的苍溪县歧坪镇至巴中的恩阳区一带。周烈王姬喜六年（前 370），奉国被巴国所灭。"（《米仓道上的繁华古镇》）

"昔阝"是氐人的诸侯国，这些氐人是什么时候沿着哪条路来到岷山之东、之南的四川广元地区的？会不会是夏朝之前，或者商朝之前？难道第一条阴平小道不是这些氐人用双脚踩出来的吗？

考古学家王巍认为：四川新石器时代先民来源之一，是迁居甘肃南部的仰韶文化先民的一支经过岷山，沿着岷江来到成都平原。因此，不排除是他们把黄河流域的养蚕缫丝技术带到了成都平原。

查看《汉书·地理志》得知，氐族最先活动范围在川西北地区，起源于四川松潘高原，后逐步向附近的青海省、甘肃陇南和四川川东北地区扩张。好了，可以这样假设：氐人到达广元青川地区的方式有两种可能，一是从九寨沟沿涪江河谷迁徙而来，二是从文县沿白水江河谷穿越岷山而来。历史上一个族群大规模的迁徙，都是有特殊原因的。其主要原因是自然灾害和战争。如果迁徙到广元地区的氐人是沿着涪江河谷方向来的，我想可能是因为自然灾害；如果是从甘肃文县方向迁徙而来的，可能是因为族内的争斗或外族（羌）的入侵。哪一种更具可能性，我也不知道。但是，我要沿着阴平古道被什么人开辟的思路去努力寻找答案。

陇南市人大副主任高天佑先生在《陇蜀古道考略》一文中，有这样的叙述：

约至商代中晚期始，陇南由于西北氐羌族的南迁、东移而开始了多民族杂居相处、共同生活的历史。据史载，至战国时期，本区北部为义渠、邽、冀、獂、绵诸等西戎占据，泾渭河谷秦人与羌戎杂处，洮河、白龙江、白水江流域则为氐羌家园。氐和羌本为游牧民族，后来由于不断迁移于河谷农业区而成为"以产牧为业"（范晔《后汉书》）的农牧兼营的民族。关于其迁徙与流动，有研究者认为："早在新石器时代晚期，氐羌族群的先民就从甘肃地区向西南地区迁徙。约当春秋战国之际，氐人又逐渐移居今四川西部和云南地区。（《文物》1988 年第七期）"

七十年代，云南剑川鳌凤山原始社会晚期墓群的考古发掘表明："鳌凤山墓地的文化内涵与四川西部地区石棺葬，乃至甘青地区的齐家文化有着某些渊源关系。""鳌凤山墓地新出土的双耳陶罐最早见于维西戈登封新石器遗址。在云南境内，这种双耳罐在洱海地区青铜文化时期便逐渐减少以至绝迹。而在德钦永芝、纳古、石底及其以北四川境内的雅砻江流域，乃至岷山地区却较多存在。再往北可溯到甘青地区，反映了齐家文化'安佛拉式双耳罐'的强烈影响……两地文化如此相似，当与氐羌族南迁的历史事件有关。（《文物》1988 年第七期）"

对于氐羌族在历史上的南迁，研究者均已认同，且于其南迁路线和年代，学者们的看法亦大体一致："康藏高原东端横断山脉南下的雅砻江和金沙江流域，其深陷的峡谷自古以来即构成南北民族交通的要道。甘青地区创造了彩陶文化的原始民族，在新石器时代晚期，他们其中的一个或几个部落便沿着这条要道开始南迁。在理川、汶川县发现的属于马家窑文化的彩陶，证明了这一史实。"（《略谈四川的新石器时代文化遗址》）如果说"从地理位置分析……横断山脉的峡谷正是我国古代西北、西南地区民族迁徙和文化交流的必经之地"（《云南剑川鳌凤山墓地发掘简报》）的话，那么，绵延横亘于陇南南部边境的西倾山、岷山、摩天岭及秦岭西部支脉与嘉陵江及其支流西汉水、白龙江、白水江，还有黄河上游及其支流湟水、洮河、大夏河所形成的川坝峡谷区，便是古代西北与中原、西南民族迁徙和进行文化、经济交流的天然通道。

若历史事实确如高天佑先生文中所说，我对阴平古道是氐人开辟的这一猜想，又多了一些底气。

我还看到一篇张映全先生的文章《文县阴平古道出土鱼岩画面石》（文县政协网 2020 年 11 月 9 日），文中提到：

据考古专家分析，陇南文县阴平古道沿线，不但有极其丰富的寺洼文化堆积，而且有着大量更早的古文化遗存。

1985 年 6 月 12 日，研究者在文县距县城以东约 250 米的阴平古道遗址，发现了古人类刻画在露天岩石上的鱼岩画面石。经查对清修《文县志·阴平图说》上的地理位置，并根据发现地点调查分析，鱼岩画面石发现的位置属于阴平古城遗址的范围。发现地点距离岩壁约八九米，且南移 212 国道公路傍坡下边，最大的可能是解放后改建加宽路基建设中取石料而致。

在阴平古道遗址发现的这块石刻鱼岩画面石，呈长方形状，鱼体长而侧扁，有鳞和鳍，发现时鱼体腹尾鳍下部分叉处的角质鳞片已残缺。鱼岩画面石长约 0.43 米，宽约 0.29 米，厚度为 0.054 米，重量为 18.6 千克。石刻画面工艺精细，十分考究，画面生动逼真，匠意巧妙，凝聚了我国古代石刻艺术家的聪明才智。它不仅是一件十分精美，很有特色的石刻工艺珍品，而且可能是氐人先祖在此地生存活动的真实记录，或可认定为氐人早先崇拜"天鼋"的实物证据之一。对此，研究者认为，此画面沉淀了氐人繁衍生息的历史痕迹，具有较高的学术价值和文物价值。

这是氐人在文县繁衍生息的证据，并不是氐人开辟阴平古道的证据。那么，我又看到了张映全先生的另一篇文章，题为《甘肃文县阴平古道考》。（经询问友人才知道，张映全先生是甘肃文县一中的退休教师。）这篇文章虽然具有考据的性质，但是，推理和猜想的成分也较多，我很感兴趣。无从可考的事情，推理和猜想可能是有效的。

我录下一小段张映全先生的文章，大家来一起看看张先生的推理与猜想，并借以说明我对这篇文章的兴趣。

从现有考古资料和一些史籍记载来看，阴平古道的开发年代至迟是在秦汉之交。而那时，汉族尚未入居，阴平人群是为"氐族"。所以，阴平古道应该是古"氐族"先民开发出来的一条沟通西北、中原和巴蜀地区的交通要道，因其途经阴平（今甘肃陇南文县），故称阴平古道。

阴平古道是古氐族先民最早开辟、利用，最具影响力的陆地通道，因其地势险峻巍峨，易守难攻，历史上在此地为非造反、割据称王者不乏其人。自秦以来，此道又备受历代兵家所重视。过去，阴平古道虽然地处深山峡谷，山势陡峻，自然环境险绝，但这条道上的商贾行旅却是熙来攘往，络绎不绝，人气非常兴旺。

考阴平古道有北段、南段之分：北段，起自甘肃岷县，沿羌水（又作强水），经陇南宕昌县到达两河口，在这里分两路，一路顺白龙江而下，经武都，越尖山抵达文县，再沿白水江东南下经白水街到四川昭化（今广元宝轮）与汉中入川大道会合，此为大道，即今"212国道"甘川公路一段；另一路自两河口南进，过白龙江，翻插岗岭，到达甘南州的博峪乡，再经文县中寨镇、马营乡、石坊乡到达文县（县城）。查 1949 年 12 月上旬，中国人民解放军一野十八兵团追击国民党残部时，就沿这条路线行军，一举解放了陇南文县。

考阴平古道南段，自文县沿白水江东南下到达碧口镇，从碧口镇入川的阴平古道大致有三条，一条由碧口镇沿白龙江河谷东南行，至四川省青川县白水街，到达四川昭化（今广元宝轮），与汉中入蜀大道会合，因此道大多沿河谷构造线而筑，是一条穿越阴平较为平缓易行的道路，故称阴平之正道；另一条是由碧口镇到白水街后转而向西到青川县乔庄，然后经青溪、南坝镇翻越山岭到达江油，这条路在 20 世纪 40 年代以前，是由甘肃入川的最重要的驿道，建国后此地已建成甘川公路；还有一条古道是从文县碧口南进，途经碧峰沟、白果、茶园，南下翻越悬马关、摩天岭到达青川县乔庄附近的青溪，再经南坝到达四川江油。这条路是万山丛中的山野小路，人烟稀少，险峻难行，但路途较短，是条捷径，很可能是当年邓艾避实就虚，"行无人之地七百里"偷度灭蜀而声名显赫的阴平古道。

这段文章，考据、推理、猜想俱全，主观意志与客观态度都有，当然也是一家之言。只是有一点，氐人为什么要开辟阴平古道？仅是为了和外界交流？在广元地区的古昔卩诸侯国的氐人有多少？是不是从阴平古道过来？我猜想的结论是：一个氐人的大族群整体迁徙到广元地区，并开发了阴平古道。为什么要迁徙呢？我推断是被强大的羌人驱赶。

羌人是我国疆域内出现的最早的民族之一，而且在华夏族形成的早期。在一定程度上古华夏人和古羌人的区分也并不是那么泾渭分明。比如，《史记》里就曾记载说"禹兴于西羌"。（哦，治水的大禹先生是羌族人！）

有资料记载，炎黄子孙（中国人）的起源，实际上是来自中国上古时期的两个重要民族，一个是古老的华夏族，另一个则是古老的羌族。华夏族经过千百年的吸收融合，逐渐转化成为中华民族的主体民族。汉朝建立后统称为汉人，后来有了民族划分时，就是汉族。而古老的羌人经过数千年的历史演进，通过多次分化与融合，一部分融入了汉民族，成为汉民族重要的成员；更多的则是经过逐步分化，成为今天十几个独立民族的重要源头，这些民族的族源史都与古老的羌族保持着密切的联系。正如著名社会学家费孝通先生所言："羌族是一个向外输血的民族，许多民族都流着羌人的血。"

夏朝的建立，使得华夏族得以确立。华夏族基本成型之后，羌人作为大族群的概念，基本上就成了除华夏族之外，其他一些说汉藏语系族群的特指称呼。在商代的甲骨文里，曾记载着当时河南、山西和陕西也都有羌人在居住、活动，并且是商朝在西方的主要敌人，双方曾多次发生战争。而后来周武王灭商时，其军队中也有羌人加入。有人甚至认为，后来经常与周王室通婚的姜姓家族也有羌人背景，因为《山海经》里，在记载羌人是炎帝之后的同时，还说羌人是姜姓之祖。所以，可以说一直到周朝时期，羌人仍然是一个与华夏人有着非常密切联系的亲缘族群。

再后来，华夏族群的强大远超羌人，于是，羌人就被驱赶到中原地区以外的西南、西北等边疆地区。

从一些资料上看到过许多社会学学者的考证，认为羌、氐本是一族，后来分开，像兄弟分家，各过各的日子。原羌人继续游牧，新羌人农耕。这种说法我信。古羌人在历史变迁中，进行了多次分化，今天的许多少数民族是由羌人分化而来的。羌人是起源于西部的游牧民族，今甘肃、青海的黄河、湟水、洮河、大通河和四川岷江上游一带是古羌人的活动中心。这些地区也是氐人的发祥地。我们只需假想一个条件，那就是一个较弱羌人的部落，被另一个较强大的羌人部落驱赶，离开牧区，转而定居耕种，这部分人就改为了氐人。氐人来到了陇南的文县一带定居，后来羌人又来掠夺劫杀，氐人被迫沿白水江河谷或翻越摩天岭南迁，来到了四川广元地区。这样，阴平古道就有了雏形，再后来氐人走这条阴平古道，羌人也走这条阴平古道，而且羌人（前370）也在四川建立了诸侯国"奉"。

阴平古道是这样被开辟的吗？我只是猜想。如此猜想的目的就是想制造另一种猜想："三星堆文化"很有可能也是从阴平古道上传入的。

三星堆文化和文明的研究一直是百家争鸣的状态，由于不见文字记载，我们无法将它与古史中记载的"蜀"直接对应。于是，人们最关心的问题是："三星堆文化"的来龙去脉，究竟如何。

陈淳教授（复旦大学文物与博物馆学系教授）在《三星堆与史前探秘》一文中说：

由于考古发现是孤立的现象，所以今天会感觉它来得突然，去得奇怪。各种猜测不禁油然而生。一种文化或文明不可能突显，它的兴衰有一种动态的轨迹。由于考古证据的发现是偶然的，它的历史表现是破碎和凌乱的。与其来龙去脉有关的相关证据还未被识别和研究，所以目前仍然处于说不清和道不明的状态。

任何古代文明的产生都有它的经济和社会基础，首先它需要一定规模的人口、能够生产较多剩余粮食的经济。这可以让社会产生分化，出现等级，使得少数人成为贵族，并且最后产生世袭制。这样贵族阶层能够调动他们的财力和劳力来生产体现他们地位的奢侈品或显赫物品，这些物品成为他们确立地位的合法性，并与平民分离开来的主要标志。

在史前时期，人类对自身由来和自然现象的无知，会使其认为世界的一切由超自然神灵所控制，必然会有一种敬畏之心。人类社会的发展普遍有一个相信万物有灵的阶段，那时，人们用处理人际关系的方式来处理自己与自然和超自然之间的关系。在早期文明社会里，贵族阶层会利用对神灵的敬畏来巩固和增强自己的权力。最常见的，就是将自己的世系和祖先与神祇联系起来。在社会强制性和制度性手段还未出现的时候，宗教信仰是支撑整个社会必不可少的脚手架。这是为什么早期文明社会会将主要的人力和物力投入造神的巨大工程上。埃及和玛雅的金字塔、英国的巨石阵、奥尔梅克和复活节岛的石雕人像和三星堆青铜雕像，都是早期文明社会造神运动的产物。没有这个脚手架，整个社会就无法集中起来和正常运转。这种社会一般被叫作神权社会，一直要到与我国战国相当的"轴心时代"，人类社会才慢慢将人类自身与自然和超自然区分开来，进入了较为世俗化的社会。

虽然人类社会的发展有某种共性，但是由于古代交通不便和信息闭塞，地理隔绝会造成文化的独立或趋异发展，不同地域的社会发展和文化面貌会变得彼此不同。不同的地方会有不同的神祇、不同的创世神话以及不同的宗教信仰。所以，三星堆出土的古怪青铜人像是当地社会复杂化发展的产物。我们不必从西亚和南亚去寻找它的源头，孕育它的摇篮应该就在成都平原。埃及、玛雅、苏美尔和印度文明都有将神灵或国王以雕刻或塑像的方式来供奉的特点。我国中原文明和良渚文明并不将神灵和圣主以物化的艺术形象来表现，而是体现在奢华的祭祀用品上。这体现了我国不同地区的早期文明各自信奉不同的神灵，有不同的祭祀方式，因此体现了完全不同的宗教信仰和意识形态。

然而，有趣的是三星堆出土了与中原文明相似的青铜礼器和与良渚类似的玉器。这说明三星堆受到了中原文明和良渚文明的某种影响，但是我们不宜过分夸大三星堆和这些地区文明之间的文化联系。三星堆的年代相当于殷墟，当时中原地区已经是一个有文字的发达青铜文明，而良渚文明已经消失。在早期文明的发展中，强大的原生文明会对周边的次生文明产生很大的刺激和影响，使得形成中的地方贵族权力摹仿更高文明的某些方面，特别是彰显地位和权力的象征表现，以巩固自己的地位。这种早期文明的辐射效应可以从我国汉唐时期对朝鲜、越南和日本等周边国家发展的刺激和影响得到启发。所以，三星堆的青铜人像显然是本地文明供奉的神灵，而商文明的青铜器和良渚的玉器很可能是当地贵族借用高级文明象征来增强自己权力和合法性的"重器"，这些可能被放在庙宇中青铜器、玉器等罕见物品与青铜神像一起，向全社会民众传递了权力至高无上和不可复制的信息。

陈淳教授提出两个观点：一是"三星堆文化"的原产地是成都平原，或者说是巴蜀的土特产；二是出产时间与殷墟大致相当。关于时间与殷墟大致相同已经被认证，但是把"三星堆文化"说成是"古蜀文化"的一部分，有相当多的异议。

　　我在网上看到一篇署名"笔轩阁"的文章（2021年4月14日发布），篇名为《三星堆是"古蜀国"？此谬论纯属刻意指鹿为马造谣惑众的欺世谎言》，文中言辞激烈，甚至带着愤怒。我摘录一小部分在这里：

　　三星堆一号坑实际开口在石器时代的第5层，这个石器时代的文化地层厚度表明，石器时代文化综合体在此生活的时间不会超过25年。

　　在此之前，这里一片蛮荒，根本没有人类生存的痕迹。在此之后至少2000年间，这里也是蛮荒一片，根本没有人类生存的痕迹，直到2000多年后的宋代，才出现了零星的墓葬和器物。

　　由此我们可以坚定判断——三星堆所在地，根本不存在什么"古蜀国"，更没有任何青铜文明累积渐进生成的丝毫痕迹，三星堆青铜文明就是突然而来，来了就砸就烧，烧了砸了就埋，埋了就走，从此一片荒凉。四川省任何一个地方，也绝无可能发现任何一块文化地层，表明此处存在"古蜀国"，表明这里存在青铜文明累积渐进生成的痕迹。

　　有人强行指认三星堆青铜文明属于"古蜀国"，其作证的"证据材料"主要是一份颠倒错乱的文献资料《华阳国志》，其中卷一《巴志》和卷三《蜀志》叙录了关于巴蜀的"传说"。熟悉现代法学"证据法"的读者朋友都清楚，不能得到事实验证的"传说"都是谣言，谣言没有丝毫半点正当的证明力。

无论什么人指认三星堆属于"古蜀国"，也无论这些人认为三星堆器物坑烧埋年代或者碳 14 测年在什么年代，我们必须请这些人明确回答——

"古蜀国"的文化地层在哪里？

"古蜀国"的文化地层有多厚？

"古蜀国"的文化地层厚度表明"古蜀国"存在了多少年？

"古蜀国"的文化地层是否表明"古蜀国"有丝毫半点青铜文明累积渐进本土生成的痕迹？

谁说得更有科学依据、更符合历史真相，我无法给出结论。不过，有争论，说明任何一方都不具备"证据在手，毋庸置疑"。

我不懂考古，可是我愿意猜测"三星堆文化"是巴蜀地区之外的泊来文化，而且和阴平古道有关。

大约十年前，一位四川彝族诗人与我谈起"三星堆文化"。他说："三星堆文化"应该是他们彝族的，并举出一些例证。我没有证据反驳，也没有理由支持他的观点。但是，我知道彝族是羌人的分支。所以，彝族的历史并不长，"三星堆文化"不可能有彝族的痕迹。如果有，也是羌族的。

我看到一篇由玉门市博物馆发布的文章《千年玉门》，其中关于"火烧沟文化"的解读，颇让我玩味。

公元前 2000 年，一个古老的羌族部落一路向西跋涉，终于在路过火烧沟时停下了脚步，他们选择了这片既有高台地，又有水源的地方。

他们在新的环境开始了游牧农耕的生活，同时，大量烧制彩陶。不久，他们从西来的族群人中学会了青铜冶炼，使他们从单纯使用石器进步到了石器、铜器并用，这对古人来说是个不小的跨越。火烧沟人这个不经意的学习和使用，使他们成为我国最早使用青铜器的部落之一，并使他们跨入到了夏代中国最先进的文化行列。

1976 年的发掘，成为我国出土青铜器数量最多的夏代遗址。这枚金耳环是我国最早的黄金制品，这支青铜权杖头是我国最早的镶嵌铸品。火烧沟人的冶炼技术在夏代就有了相当高的水平。

北京大学教授李水城说："根据目前我国的考古成果，我国青铜冶炼起源的地区在西北，而不在中原。"

玉门市博物馆的王璞先生在《火烧沟遗址的历史文化价值》一文中是这样描述火烧沟遗址的：

距今约 4000 年—3800 年。火烧沟文化的历史价值突出地表现在它是我国史前东西方文明交流的前沿、青铜冶炼的区域中心。同时，火烧沟文化也集中地反映了我国彩陶发展后期的一个较高水平，也集中地反映了古代羌族人的社会生活。

　　羌人最早接受外来文化并掌握了青铜冶炼技术，然后由西向东传播，之后才有了"二里头文化""殷墟"，大概就在"二里头文化""殷墟"大兴冶炼青铜的时候，羌人把冶炼青铜的技术通过阴平古道带到了蜀地三星堆。还有一个让我不得不产生猜想的原因，"二里头文化"和"殷墟"都是本土中原文化特征明显，而"火烧沟文化"和"三星堆文化"都是中亚和西方文化特征明显。从"三星堆文化"的特征上看，好像是从火烧沟直接到了三星堆，没经过中原华夏族文化的渗透、浸染、改良、加入。

　　2021 年 4 月 12 日，马昱东曾认真地对我和罗愚频、李辉说起在他们宕昌县的某个地方出土过石画像，画像上的图形、纹饰与三星堆出土的器物图形、纹饰完全一致。而且这个石画像现在还在。他还给我们讲了一个故事，多年前，宕昌的一个文物贩子在地下挖出一个铜面具，5 万元卖给了兰州的一个文物贩子，文物贩子又以 40 万元的价格卖给了西安的另一个文物贩子。后来，有人觉得这事儿蹊跷，就让兰州的文物贩子拍了一张这个铜面具的照片。说着，马昱东拿出手机找到那张铜面具的照片，我们轮流看了一遍。照片上的铜面具确实与三星堆出土的面具相似，但我们都觉得像现代人伪造的。说是像伪造的，也是我们在不懂装懂。接着他说："无论真假，这个东西也找不到了。宕昌的那个文物贩子前年死了，所有的线索都断了。"

　　马昱东在讲宕昌古羌人文化时，感觉他的潜台词是："三星堆文化"很可能就是我们宕昌古羌人带过去的。

现在的陇南市宕昌县，历史上是羌人的聚居区。当年驱赶文县氐人的羌人，很可能就是居住在宕昌的某个羌人部族。

所谓文化，就是凝聚在一代接一代人身上和历史财富中的生活方式；中华民族的文化，是不同种族血脉相通的结晶，正因为是多民族融合建立起的中华民族，才创造了龙飞凤舞的图腾文明。多说一句，凤基本上是来源于南方及西南少数民族的鸟崇拜，而龙基本上是来源于北方民族的蛇（马）图腾。

我曾经问过马昱东，在上古历史上，羌人从玉门火烧沟向巴蜀地区三星堆行走，这条水路加陆路的旅途会顺畅吗？马昱东很干脆地回答："很顺。"接着，他就给我讲哪条河连着哪条路，哪条路又接着哪条河，怎样到文县，怎样通过阴平古道到达四川广汉的三星堆。他在跟我说话的时候，好像他已经走过了似的。于是，我更坚定地猜想，是四处游走的羌人把冶炼青铜的技术和制作神权器皿的工艺等，一起带到了三星堆。关于至今没有在三星堆地区找到冶炼烧造青铜的坑址，这事儿还真别着急，也许您把这本书读完的时候，就会有新闻曝出"找到了三星堆冶炼青铜的坑址"呢。

还有，为什么制作出那么多的金属、玉石、神器等却整体掩埋掉，然后，整个族群就不知所踪了呢？这些羌人遇到了什么事儿，天灾还是人祸？这些问题，我就不敢猜想了。

离题十万八千里，可以是猜想；离题只有十里八里的，就是吹牛了。

　　猜想，就是没有禁忌的胡思乱想，是天当房、地当床的浪漫。所以，我对"三星堆文化"来龙去脉的猜想，基本是胡扯。胡扯就可以不负科学的责任，请看官千万别信，我自己也不信。如果有专家看着生气，也只能请专家自己忍着了。

第三章

填不满的碧口

据说，在碧口镇的碧山公园中山堂曾刻有一副对联："碧山巍峨紧关秦陇千重锁，白水汹涌冲破江河万里涛。"这副对联把碧口镇地理位置的重要性，表现得淋漓尽致。

而眼下的碧口镇，山色如黛，水波若翠，宛如一处江南小镇，温润，绵软，似一幅有工笔、有写意的山水画。

2021 年 4 月 12 日晚，我们一行到达甘肃文县的碧口镇。

从青溪镇到碧口镇，一路走的是"兰渝高速"。我在车上睡得很沉，也许是爬摩天岭累了，也许是中（下）午那顿饭吃得太多，总之，高速路是怎么穿过岷山的，我根本没看到。

到了碧口镇下车时，脚一落地，我的两条腿立刻疼痛难忍。我问马昱东："你的腿疼吗？"他看着我，脸上露出坏笑，坚定地说："不疼！"我伸出手说："我摸摸。"他吓得赶紧闪开。我又问罗愚频馆长，罗馆长说："疼。好久没这样爬山了，肯定会疼几天。"只有小伙子李辉没有什么疼痛感，我们都开始羡慕李辉的年轻。

这是我第二次来碧口镇。上一次来，是 2020 年 11 月 11 日。

2020 年 11 月，我是应陇南市文广旅局之邀，参加"陇蜀古道—阴平道考察团"的。参加这次考察团的成员，大多数是"陇蜀道"或"阴平古道"的专家。邀请我参加，只是因为我写了一本《蜀道青泥》。

我们从陇南的武都出发，沿 212 国道（也是阴平古道旧址），向文县碧口一路考察。出武都不远，我们停下脚步。路边有一块石碑，上面刻着"险崖坝"。陇南文广旅局特意来了研究阴平古道的专家李世仁老先生。李老先生指着山腰上的栈道遗址为我们讲解，白龙江在我们身后不急不缓地流淌着。同行的高天佑先生是我的老朋友，也是一位对"陇蜀道"研究颇深的专家。他对我说："这'险崖坝'据说还有一个名字，叫'响崖坝'。商震，你说哪个更贴切些？"我知道他是明知故问，是在考我。我便说："最初的名字一定是'响崖坝'，白龙江在这里水流湍急，水浪不断地拍打岩石、山体，发出各种响声，因而得名'响崖坝'。"高天佑脸上浮出一丝坏笑，拱手对我说："英雄所见略同！英雄所见略同！这个'险崖坝'的'险'字实在是有点儿俗气。"我说："岂敢，岂敢。是你老兄提醒了我呀。"我俩哈哈一笑。他接着说："你可以给'响崖坝'写首诗。就是'有诗为证'了。"我说："好啊。"

当晚，我们同行的诗人包苞就写了一首关于"响崖坝"的诗，并发到微信朋友圈。我有点儿犹豫，不想写了，好像要跟他 PK 似的。但转念一想，我和包苞是好兄弟，他不会这么想；还有，古人本来就有作同题诗的习惯。再加上高天佑先生问我："诗写出来了吗？"当晚酒后，我就用手机按键按出一首诗来。贴在这里吧。

响崖坝

一千多年前白龙江的水声

已存储在河床的石头里

镶嵌在山崖中

遗留的那些栈道孔洞

张着大嘴一声不吭

这是"阴平栈道"艰险的一段

是三国时邓艾带领大军

咬紧牙走过的一段

对偷袭者来说

艰险的路也是最有效的路

白龙江在这一段水流很急

水打在石头上很响

撞到山壁上很响

响声恰好掩盖偷袭者

心虚、人叫、马鸣

邓艾的偷袭大军如天兵

剿灭了蜀汉

三国统一的进程

被这样一条艰险的栈道

缩短

现在"阴平栈道"已经成了遗址

残存的栈道边花草年年更新

只有裸露在河床上的石头

偶尔约会山岩一起

对着今天的游人吼上几声

　　我们一行人从响崖坝继续向文县方向走走停停。山腰间，江岸的岩石上，随时都能看到栈道遗址。每看到一处遗址，李老先生就给我们讲解一番，让我们对那一段阴平古道有了进一步的认识。

　　我们进入文县境不久，就来到了"火烧关"。一个很醒目的牌楼上，镌刻着"火烧关"三个大字。牌楼的门柱上还有一副对联。我看了一眼，没留下什么印象。

　　火烧关是阴平古道中重要的一段，但是，其得名却来源于南宋时期。史载："宋理宗端平三年，元太宗窝阔台之子阔端，亲率蒙古大军，破文州（文县）后循阴平道北上进军此关，其时元兵多用火攻，后人故名火烧关。"关内有摩崖石刻："万历十四年九月重修奉：巷口本俯元功孔丘大立冰凌。"火烧关之南，有一孤峰突起，险峻千仞，挺立卓然，苍松翠柏覆盖山峰，故称"尖山卓笔"，为文县古代"八景"中最为壮丽的自然景观。1993 年被文县人民政府公布为县级文物保护单位。

　　同行的专家们在火烧关关口查看栈道孔时，发现这里的栈道孔很特殊，竟然是上下三层。专家们在用建筑学理论解释这些三层栈道孔的时候，高天佑、马昱东、包苞和我沿着道路向深处走去。我们远远地看到了尖山，高天佑和马昱东在探讨姜维和邓艾各自的行军路线，哪一支军队走过了尖山，哪一支军队绕过了尖山等。在我没有深入接触邓艾追赶、堵截姜维军团事件与路线的时候，他俩讨论的内容，我听着都是天书。

我们走到一个村口，一个小土堆上有一座小房子。高天佑说："这是土地庙。"既然有土地庙，说明这个村子还不算小。高天佑在一个院子上面看到一个门牌，上面写着"庙后村"。难道这个村就是因这座土地庙而得名的？如果是，那么在很久以前，这里一定有一座很大的土地庙，绝不是现在这个像鸽子笼一样的。

我们往村里走，只看到几户人家的房子，没看到村民，却看到一队牛大摇大摆地从一条山路上下来。

就在这时，组织者喊我们归队。大家在火烧关口合影，然后就上车继续向前。组织者说："天马上就黑了。天黑后，山路就不好走了。"

我们乘坐的中巴车停进了一个小院。下车时，天已经黑透了。马昱东走到我身边说："商老师，这是玉垒关，也是历史上著名的阴平桥头，当年魏国大将诸葛绪就是在这里堵截姜维的。"我望着四周的黢黑，根本感觉不到这个地方在军事地理位置上的重要性。也许，许多重要的历史、地理关卡，都常常被黢黑覆盖吧。

　　我们走进餐厅，陇南文广旅局局长毛树林迎了出来，我和毛树林是多年的好朋友，也是诗友。坐到饭桌上，酒倒满一杯，毛树林说："这是我亲弟弟刚给我送来的土酿米酒，叫'哑杆酒'，就是下边的碧口镇里产的。"我先喝了一口尝尝味道。这酒说不上好喝，也不难喝，酒精度不高，略带甜味，有点儿像江浙的黄酒。

　　大家吃着、喝着，有人开始评酒。当然是赞美了，说这酒比铁楼白马寨酿的米酒好。铁楼，白马寨，氐人，我顿时想起六年前我和几个诗人在白马寨喝酒的场景。白马人能歌善舞、会劝酒，歌甜、舞甜、酒甜，在欢快、热烈的氛围里，我们几个不知不觉都醉倒在白马人的歌中、舞中、酒中。我至今还记得白马人那高亢、深邃的歌声，还记得《白马山歌》中的几句歌词："白马山歌唱了一年又一年，山上的云儿起了又散，山寨的月儿照亮了谁的思念，山下的人儿你不要走远。白马的传说哟唱到了今天，一碗酒喝干哟再把酒倒满。"

　　在玉垒关那天晚上，我喝酒喝得很谨慎，因为我知道这种酒的厉害。在喝酒吃饭的中途，我溜出餐厅，马昱东也跟着出来了。我们站在一堵矮墙边，他指着黑夜对我说："下面就是白龙江与白水江的汇合处。"可是，我什么都看不见，也只能对着黑黑的夜空点了点头。

　　晚饭后，我们坐上车，很快就到了碧口镇。天很黑，碧口镇千家万户的灯光很亮。

第二天早饭后，毛树林局长带领我们到范坝乡参观。然后，我们又从范坝乡进山，据说是沿着当年邓艾走过的阴平古道向摩天岭方向攀爬。

这条上山的小路，其实是时有时无的。一条小溪不急不缓地流着。上山的路是依山傍水，杂树丛生，荒草铺地，乱石满坡。遥想当年邓艾派其子邓忠作为先遣部队开路架桥的艰难，哦，也许我们脚下的这条路，就是邓忠们把古代的小道拓宽展平的呢。

走了不到两千米，我看到在山坡上有一片无人打理的茶树林，就问毛树林局长："这些茶树，好像是有人种过的。"毛树林局长说："这是多年前的事儿了。以前还有人在山里开荒，种庄稼，种经济作物等。现在这儿是保护区，不许开荒耕种了。所以，这些茶树就留了下来。"我听了以后，回头看看刚走过的路，想象着，当初那些在这深山里种茶、种田的人，进来一趟也是蛮辛苦的。毛树林局长可能看出了我的心思，他说："那些种田、种茶的人，在这山腰上乱建乱搭临时房屋，生活垃圾乱扔，对自然环境破坏严重。另外，火灾的隐患也大，管理部门就把他们轰出去了。"这时，我向远处的山坡上看去，确实看到了已经荒芜的被开垦的农田。但是，没看到私搭乱建的房屋，大概是早被清理了。

人类对大自然的索取要有限度，大自然对人类的容忍也是有限度的。因为人类对大自然过度索取而遭到大自然报复的事件，古来有之，当下亦有之。

我们继续向摩天岭的方向攀爬，李世仁老先生走在最前面，一路为我们讲解。我问："这一带还有邓艾大军的营寨遗址吗？"李世仁老先生说："没有了。"

我们爬了五六千米的时候，有些人已经跟不上了，整个队伍分成了几个小群体。这时，已经过了午时，估计大家都又饥又渴了，毛树林局长说："今天不往山上走了，咱们下山吧。"

后队变前队，我们往山下走。上山时，我是左顾右看，总想能发现点儿什么。下山时，只有一个念想——快点儿走，找水喝，找饭吃。

历史遗迹不能当俗世的饭吃，文化也不能；寻找历史遗迹和挖掘文化的根源，是为了精神上的丰富。

走到半途时，我们看到小溪的对面有一所房子，就走了过去。毛树林局长和房主人打了招呼，我们就全体坐到房前的小院子里了。小凳子是有数的几个，树桩、石头也不多，还有几个人席地而坐。大家高高低低地坐下，无声地调整着呼吸。

经询问，我才知道，这所房子的主人是养蜂的，季节性地住在这里。毛树林局长对房主人说："这些人是我们请来考察阴平古道的专家，现在又渴又饿，你有什么可吃的东西给我们弄点儿。"房主人爽快地回答："有。等一下。"

陇南市文广旅局的几位女士进到房子里帮着他烧水、弄吃的。我们坐了一会儿，每人手里已经有了一杯开水，再一会儿房主人端出一盆煮鸡蛋，几碗蜂蜜，一筐鲜核桃。他告诉大家："一会儿洋芋（土豆）就煮好了。"这时，不知是谁喊了一声："我车里有酒，咱们每人喝一口吧。"

酒拿来了，我们几个端着装有半两酒的纸杯子，故作豪情万丈地高喊："干杯！"这是我第一次用酒来解渴，把酒当水喝！干掉第一杯，高天佑先生又给我倒上了第二杯，并说："诗人，再来几杯嘛。"我推辞了一下，无效。我心想：既然无法拒绝，就愉快地享受呗。古语有云："尧舜千钟，孔子百觚。"何况我一凡夫俗子乎。

鸡蛋、土豆、核桃仁，蘸着蜂蜜吃，再喝上二两酒，真是别样的况味。人的一生是不可能尝尽世间百味的，但是，在某个特殊的背景下、特殊的时段里，品尝到了一种特殊的味道，就完全可以当作世间百味来理解。

饕餮一阵，风卷残云，眼前的食物吃完了，毛树林局长和市文广旅局的几位工作人员向房主人道谢。我们继续下山。

到了范坝镇里，我们又踏踏实实地吃了一顿饭。不知道别人吃得怎样，我是很没出息地报复性补偿，把自己吃撑了。

第二天上午，我们又去让水河谷看阴平古道遗留的栈道。有史料载：邓艾伐蜀偷度阴平，是分三路进军，其中一路就是从让水河谷奔向摩天岭的。遗憾的是，沿途都在为建"九武高速"（九寨沟到武都的高速路）修建高架桥，道路堵塞严重。我们走到让水河的一处，看到了对岸的一些栈道孔，少不了请李世仁老先生又给大家讲解一番。大家停留了一会儿，就返回了。

下午，我们在碧口镇召开了一个"阴平道考察研讨会"。坐在这些蜀道专家中间，我深感忝列其中。可是，已经参与了考察团的活动，又被安排到研讨会发言的座位上，无论怎样都是要说几句的，大不了贻笑大方。

我的发言如下（根据录音整理）："今天在座的大多是'陇蜀道'的专家，刚才大家说的都是'陇蜀道'的正道，有探究，有考据，也有猜想。而我不是研究'陇蜀道'的，我要说的，可能是考证派专家认为的'邪道'。我仅是个诗人、作家，或说是个老编辑，因为写了一本《蜀道青泥》，就被毛局长认定为一个'蜀道'专家了，有点'拉郎配'的味道。不过，和你们这些专家在一起，我是受益匪浅的。我确实对'陇蜀古道'很感兴趣，这个兴趣在于我对我们整个民族的文明进程史感兴趣。我的论断是：把'陇蜀古道'研究明白了，就等于把华夏民族的文明史或者华夏民族进程史的一半研究明白了。

从古至今，人类做的一些事，不一定都带有很强的目的性。但是，开辟道路一定是有很强目的性的行为。这一点可以从人类发展史上找到佐证。或者说，人类的进步，都是从开辟各种路开始的。

我们是历史上的华夏人，把华夏族发展史说成是'中国历史'这个说法，现在看来并不准确。其实，华夏族也不能完全覆盖我们两河流域的各个民族，这两河当然是指长江、黄河。

但是，两河流域的主体民族是华夏族，也就是我们今天说的'炎黄子孙'这个民族。这个'炎黄子孙'的华夏族人，是今天中国华人的主体。那么，华夏族人在文明进程中，每一次大的进步，我认为都和'陇蜀道'有关。

首先，上古时期伏羲的活动区域，是在陇蜀的交会处，今天陇南的大部分区域都应该是伏羲部族的活动区域。我在《蜀道青泥》这本书中曾大胆猜测，第一条'陇蜀道'是伏羲的部族人开辟的。因为，伏羲东迁只是顺着汉水河谷东行，是没有预设目的地走。那么，为什么不可能还有一队人马是翻越秦岭向南、向蜀地走的呢？当然，我的猜测是文学性的，不具有科考性。

还有，我们人类是怎么进步的？是不断更新思维方式、生活方式、生产方式。更新就是新与旧的斗争。这些斗争有时会带来社会的混乱期，甚至导致改朝换代。

我国历史上几个大的混乱期都伴随着文明的进步，而这几次大的进步又都和我们的'陇蜀古道'有着密切的关系。

夏商时期，现在有据可考的最早的蜀道'金牛道'就开通了。春秋时期，'陇蜀古道'也发挥着重要的军事、经济作用；两汉之间，就是西汉和东汉之间，是个大混乱时期，我们得到了一个成语'得陇望蜀'。这个成语生动地说出了陇南和蜀道的关系。东汉末年，也就是三国时期，我们陇南大部分地区是战场，今天我们走的阴平古道，就是历史进步的见证。这条古道大大缩短了三国统一的进程。南北朝，这是大混乱时期，我们陇南的仇池山，是氐族人与中原各族斗争、融合的见证。唐朝由盛转衰是在我们这里的'陇蜀古道'开始的，等等。一句话，'陇蜀古道'一直在影响着中国历史发展的进程，而'阴平古道'在历史进步上的表现是最直观的。

阴平古道是结束三足鼎立的一条重要通道。今天我们向摩天岭走了一小段儿，走在路上，我本来想发一条微信到朋友圈，说：邓艾对蜀汉有多大的仇恨，下了这么大的决心，开辟700里无人烟的凶险道路，一定要灭掉蜀汉！

其实，邓艾伐蜀，他本人未必是为了统一'三国'，但曹魏集团或者说司马氏家族是一定要统一'三国'的。天下一统是华夏族人的思想，是儒家思想，也是改良了的道家思想。所以，从某一方面说天下所有的路，都是政治家延伸的手臂，都是政治家谋划统一的路。

历史上也有例外的'蜀道'，开辟不是为了文明进步，是为了腐败，甚至影响文明进程。比如'蜀道'中的'荔枝道'，就是皇上为了让老婆吃上新鲜的水果所开辟的路。后来，这条路也是引起唐朝兵变的一个重要原因。

好了，我说的有点儿多，也有点儿离题太远。总之，'陇蜀古道'遗址肯定是我们陇南市重要的旅游资源。我挺为毛树林局长高兴的，因为你拥有了半部中国文明史，祝你把这半部中国历史用好！"

以上算是我第一次来碧口镇的过程记录。如果说那次去碧口镇，我是混迹于蜀道专家的队伍里的话，那么这次来我就是带着寻访阴平古道遗迹任务的苦力。其实，作家本身就是一种出苦力的活儿。我是受毛树林局长之邀，在筹划着写一部关于阴平古道的大散文。

腿疼，腿真是疼，大腿、小腿一起疼，每走一步都要龇牙咧嘴。我突然想：当年66岁的邓艾翻过摩天岭后腿疼了吗？那些士兵腿疼了吗？也许，战争只有生与死的两种形态，没有肌体疼与不疼的感受。

罗愚频、马昱东、李辉和我四个人草草地吃了一口饭，就赶紧到宾馆休息了，希望一觉醒来腿不再疼了，精神饱满了，把上次没细看的碧口镇和阴平古道的遗迹再仔细看一看。

碧口镇，曾有过"碧峪镇""碧霞口"两个名字，位于甘、陕、川三省交界处，陇南市文县的东部，白龙江的下游。关于碧口镇称谓的变化，各种说法不一。原文县档案馆馆长说，文县在隋代称"平兴县"，治"碧霞口（今碧口）"；唐宋时期称"碧峪汛"；明代（天启年间）称"碧玉口"；清康熙年间称"碧峪乡"；清光绪时期称"碧峪镇"；民国称"碧口"至今。碧口镇的百岁老人张锡田老先生说：碧口，初期称"碧峪口"，即碧峪河口（现为碧峰沟）之意。后来建立了集市，更名为"复兴场"。再后来，又更名为"碧口"，意为通商口岸。

其实，碧口之名究竟何来，史料无确切记载，民间传闻只能是道听途说了。

碧口镇与通渭县马营镇、永登县红城镇、华亭县安口镇并称为"甘肃四大名镇"。碧口镇因在 1949 年以前，是甘、川两省的水陆码头，镇内商贾云集，店铺林立，而列于"甘肃四大名镇"之首。

碧口的白龙江码头直通嘉陵江，进而连接长江，可达吴楚江浙，是历史上的一条"水上丝绸之路"和"水上茶马古道"。

碧口镇历史悠久，西汉建立之前是氐人的聚居地。西汉初年，才迁入大批汉人及其他民族人口。但是，让碧口镇扬名天下的是三国时期的战争，邓艾偷度阴平伐蜀、姜维御魏、郭淮屯兵，均有碧口在参与。阴平古道的"正道"和"邪径"的起始点，也都和碧口地区关系密切。

唐宋至明清，碧口成为南北货物的集散地，繁忙的水路码头和密集的商埠，让其一时间名满天下。而鼎盛时期，是清康熙到民国年间，碧口成为了陕、甘、川、青、宁、蒙等省区的商贸门户。甘肃、青海及四川松潘等地的药材、土特产经碧口运出，江浙等省区的生活用品、特产从碧口上岸。有史料记载，碧口至重庆的航道上，每天有百余艘船只来往，年货物吞吐量5000 多万担，年纳税 10 万两白银。故有"运不完的阶州，填不满的碧口"之说。

1949 年之后，随着多条公路的修建、通达，碧口水路码头的重要地位就不复存在了。但是，古镇的商贸地位仍在，三省五县的集市"复兴场"的人气还在。

碧口镇依山傍水而建，三条街道呈"川"字形贯穿全镇。据说，在碧口镇的碧山公园中山堂曾刻有一副对联："碧山巍峨紧关秦陇千重锁，白水汹涌冲破江河万里涛。"这副对联把碧口镇地理位置的重要性，表现得淋漓尽致。

碧口镇的平均海拔是 624 米，对平均海拔在 1300 多米的甘肃来说，碧口镇算是甘肃的平原或盆地了。碧口气候不寒不燥无酷暑，雨量充沛，是真正的"陇上江南"。或许，"陇南"一词，就来源于碧口。

现在的碧口镇，满街的四川小吃或重庆火锅店，当地的居民和路上的行人都操着一口纯正的四川方言，语言、服饰、习俗和房屋建筑都与川渝地区相同。追根溯源，碧口人大多是由川渝地区的商户久居或移民而来。所以，如今走在碧口镇的街道上，好像是走在川渝地区的某个村镇一样。

早饭后，我拿出马昱东给我的"龙井 43 号"茶，泡在杯子里，香气顿时飘了出来。满屋的清香，似乎缓解了腿疼。这款"龙井 43 号"茶，就是碧口产的。我倒是觉得，茶的品质很好，何必用"龙井"冠之呢？陇南产的茶，我喝过几种，绿茶、红茶品质都还不错。自己地方产的茶，最好用自己地方的名号，比如叫"碧口仙芽"或"文州瑞草""陇南翠叶"，岂不更好？岂不更加增强陇南、文县、碧口的文化自信？据史料载，碧口镇的李子坝在清代道光年间就开始种茶，茶园里至今还有100多年的老茶树。现在的碧口镇，有产茶能力的地方已经有五处之多，而且茶叶品质均与目前国内其他产地的茶叶不相上下，有较强的市场竞争力。

我们上午的任务是参观"複兴阁"，也是"碧口历史文化博物馆"。"複兴阁"三个字是手写体，看上去端庄、大气、饱满、遒劲，什么人写的，我没问。不过用这个"複"字有点儿奇怪。我问罗愚频馆长这个名字的来历。罗馆长说："当时，大家集思广益，准备了好多名字。后来，是时任市委书记孙雪涛确定的'复兴阁'。因为碧口历史上有个远近闻名的大型集贸市场叫'复兴场'，至于为什么把'复'写成了'複'，而且这么些年也没更改，我就不知道了。"其实，"複"不过是"复"的异体字而已，手写体写成"複"也可以理解，就像书法家们习惯写繁体字一样。

"複兴阁"里介绍的是碧口地区的人文、历史、物产等，而邓艾借阴平古道伐蜀在展厅里占有很大比重。其中，有一张"邓艾灭蜀行军线路图"。罗馆长和马昱东都说这张线路图有误。

我看过罗愚频馆长撰写的文章《邓艾偷度阴平考》。其中，把各种史料、出土器物、地名、民间传说进行串联，反复推敲、考据，得出了一条邓艾偷袭之路。我摘录一段如下：

邓艾偷度阴平的路径应该为：邓艾从文县城关镇元茨头清

水坪沿白水江而下经尚德邓至山、魏坝，渡白水江由尚德田家坝进入丹堡河谷，由丹堡河谷经刘家坪攀葛山、攀葛河至邓家坝，在邓家坝派步兵进深沟至七信沟、魏子山，知此路无法翻越横亘的大山，又沿让水河到柏元河坝，沿石磨河经对树到窄匣子，再经包包上、救香坪、郭江口、马鞭崖、写字崖，再经九道拐、切刀梁上海拔2227米的垭口，由此"裹毡而下"，再沿四川青川唐家河右岸行走，至大雄山修栈道，又绕道落衣沟、魏坝直到靖军山，上车架山，下放马坪，经高桥寺到江油戍（今四川平武南坝镇），直取涪城，逼近成都。

　　这是罗愚频馆长的一家之推论。我和罗馆长在一起几天，看到他做事认真，治学严谨，为人忠厚，所以，我愿意相信他的推论。嗨，邓艾究竟走的是哪条路，也不是我这个作家要认真考证的事儿，自有蜀道研究者们去辨曲直。不过，看到邓艾的行军线路图，倒让我想起宋朝杨楫的一首诗："栈道险复险，客怀愁更愁。万山俱绝壁，一水不通舟。"这首北宋时的诗本来与邓艾无关，但我觉得可以拿来用在邓艾身上，有些像是邓艾在偷袭阴平道之前的心情写照。

　　在青川县时，罗馆长就对我说："邓艾应该是从刘家坪出发上摩天岭的，不是走的范坝，至少邓艾本人的中军没走范坝。咱们到碧口后，我带你去刘家坪看看。在刘家坪有三个地名很能说明问题，'关口''邓家坝''关头'。'关口'和'关头'是

前锋和后卫的营寨，'邓家坝'是邓艾的中军，这三个地方相距
不足十华里。最能说明问题的是'邓家坝'至今没有一户是姓
邓的。"我认为罗馆长分析得很有道理。但是，很遗憾，因为去
往刘家坪方向的路在修高速公路，路面情况复杂，再加之下雨
路滑，汽车非常难行，我们就没能去成。刘家坪，留在下次来
时再看吧。

由于下雨，寻访古迹的脚步放慢，让我有更多的机会欣赏
这座古镇。

绵绵春雨是细柔的丝绸或薄纱，在古镇上空飘舞，街道上
的行人不急不缓地走着，雨并没有让小镇的人们改变生活的节
奏。街道上仅是水汪汪的湿润，并没有阻碍行人的泥泞。这一
切如梦如幻，历史上的场景和眼前的景象不时地在我脑海中切
换。这是甘肃吗？我记忆里的甘肃，都是粗粝的甘肃，是战马
和"大雪满弓刀"的甘肃，是"铁马秋风大散关"，是"不破
楼兰终不还"，是"凉州城外行人少，百尺峰头望虏尘"；而眼
下的碧口镇，山色如黛，水波若翠，宛如一处江南小镇，温润，
绵软，似一幅有工笔、有写意的山水画。哦，这是甘肃，曾经
的战火已经烟消云散，现在是和平时期下的安居乐业的甘肃碧
口镇。其实，无论什么地方，只要没有内争外斗，都是祥和的
地方。老百姓过日子只需要祥和，只希望山雄壮花鲜美、海晏
河清。

我看到陇南诗人包苞的一首诗《碧口》写得非常好，有历

史的沉重，也有现实的静谧。其中的第一节，就是我想说还没说出来的对现在碧口镇的印象与感受，包苞替我说出来了。现在，把包苞这首诗的第一节录在这里：

在碧口，有一江水好像永不流走，

它们温润如玉，漾动在两山之间，

供漂泊的云朵歇息，

也供

夜晚的星辰沐浴。

第四章

被淹没的桥头

"阴平桥头"被水淹没了,但绝不会被历史淹没,更不会被人们的记忆淹没;一座桥的基本功能是沟通两岸、便利交通,但是,"阴平桥头"在历史上最重要的功能,是连接一个国家的覆灭和天下一统。

雨继续缠绵着，风似有似无。

我们从碧口镇出发，沿白龙江北上，到玉垒关去。走的是212国道，也基本是阴平古道旧址。一路上右侧是大山，左侧是白龙江峡谷，真正是依山傍水，穿行在山水之间。

玉垒关在文县玉垒乡境内的冉家村、关头坝、玉垒坪一带，是唐代给予命名的。唐之前，此地是古阴平之东的雄关要塞，人们因生活和征战需要，在大山的悬崖绝壁上打孔插木修栈道为路。这种在崖陡壁绝间蜿蜒开来的路，在古阴平境内比比皆是，史称七百里阴平古栈道。在玉垒关前的江面上曾修建伸臂木梁桥一座，史称"阴平桥头"。三国时，魏国大将郭淮"屯兵桥头"，被称作"郭淮城"。"桥头"指的就是"阴平桥头"。"桥头"即玉垒关当时的名字。

甘肃文县网上有一则关于"古玉垒关"的介绍，虽然不是规范的说明文，但也算把玉垒关的古今变迁介绍清楚了。我不再赘述，截一段在这里吧。

境内古玉垒关，是文县著名四大雄关之一，位于关头坝大桥下一公里处，两崖峭壁，势极陡险，为唐宋以来置戍守处。旧省志称为"秦蜀咽喉"。其关隘险道有诗为证，明代诗人张其亮《玉垒关》诗曰：天开一堑锁咽喉，控制西南二百州。御冠有方泥不靖，重门无警析长收。岩前月白鸡啼晓，林外风清雁瞰秋。瞻彼路傍来往客，谁腾紫气驾青牛。三国时魏将郭淮所筑的郭淮城遗址在关头坝，今俱淹没于碧口水库底。乡政府驻地原名"玉枕"。据说山崖间有一石，状如玉笋，色白光亮如玉，可望而不可即，人力难取，故而得名"玉枕"。宋代诗人鲜于先《玉枕》诗曰：群山耸秀抱孤峰，一枕依稀玉色同。织女不知机石坠，嫦娥翻觉海蟾空。明代设有驿站，故又名"玉枕驿"。

白龙江与白水江交汇处一公里的老玉垒乡（现玉垒坪前），古有阴平桥，为铁链式吊桥，是通往蜀道的咽喉。三国魏将伐蜀以后桥址多次变迁，明朝末年被匪寇焚毁，清朝康熙年间复建木桥，清朝咸丰六年（1856年）重建玉垒关木桥，多次维修其桥雄姿，堪为一景，称之为"秦蜀咽喉"。1949年12月，国民党部队为阻止解放军南下将桥焚毁，后遗址淹于碧口库区。玉垒境内古栈道处处皆是。（甘肃文县网）

我们到达的玉垒关，其实是一家小饭庄。马昱东说，就是2020年11月晚上我们来过的那一家。小饭庄的名字是"水岸人家"，饭庄有个小院可以停车。我们走进饭庄时，还不到中午，早点儿过来是要在这里看一下白龙江和白水江的汇合处，看一下岁月摧毁的"郭淮城"，再想象一下被水淹没的"阴平桥头"。

历史上的阴平桥横跨在两座对峙的山头之上。现在的玉垒关就坐落在阴平桥头，桥下是万丈深谷，桥头是险关要隘，因而在历史上被称为"陇蜀咽喉"，其险要地位与四川的剑门关齐名。

陈寿在《三国志·邓艾传》中，对我们站着的这个地方有一段很精彩的描述：

四年秋，诏诸军征蜀，大将军司马文王皆指授节度，使艾与维相缀连；雍州刺史诸葛绪要维，令不得归。艾遣天水太守王颀等直攻维营，陇西太守牵弘等邀其前，金城太守杨欣等诣甘松。维闻钟会诸军已入汉中，引退还。欣等追蹑於强川口，大战，维败走。闻雍州已塞道屯桥头，从孔函谷入北道，欲出雍州后。诸葛绪闻之，却还三十里。维入北道三十馀里，闻绪军却，寻还，从桥头过，绪趣截维，较一日不及。维遂东引，还守剑阁。

这一段讲的是，姜维在从沓中南撤途中，到强川口被邓艾军追上，双方接触引发了激战，姜维想迅速脱离战场回救剑阁，所以归心似箭、无心恋战，因而战败。姜维大军继续向阴平撤退，快到阴平城时，得知阴平桥头已被魏国雍州刺史诸葛绪从武都南下堵住。此时，前有诸葛绪（三万人）阻击，后有邓艾（三万人）追击，姜维在万分危急中用了声东击西之计，假意向北走孔函谷，去截断诸葛绪军的后路，吓得诸葛绪撤离阴平桥头，向北移动三十里去保护自己的后路安全。姜维全军乘机从孔函谷南返，快速通过了阴平桥头。诸葛绪得知后马上返回桥头截击，可是晚了一天时间而没能拦截到姜维。

这是一段很精彩的战场故事，彰显出姜维的智慧与诸葛绪的无能。同时，让我们感觉到了"阴平桥头"在当时的重要性，证明了"阴平桥头"的咽喉作用。

我上次来这里时是晚上，什么都没有看到，这次来是为了补偿。马昱东、罗愚频、李辉和我站在栅栏边望着江水，他们向我介绍着，咱们脚下就是"郭淮城"的位置，那边一点儿就是当年的"阴平桥头"。没有实物，我怎么也想象不出那座阴平桥的重要。罗愚频告诉我："1975 年，碧口水库蓄水，公路改线于北岸了。所以，你看不到被称作'秦陇咽喉'的那座阴平桥了。"

我点了点头。是啊，1700 多年过去了，沧海变桑田或桑田变沧海都是正常的，眼前两条江的河道没改，已经很不容易了。我站着看山、看水、看峡谷，凭借着河谷、峭壁使劲想，还是可以想象出一些"咽喉"的样子来的。

这一天，两条江的江水都很平静，两条江汇合处有一条明显的水线分界。然后，在下游逐渐地融合在一起。就这样，一条江被另一条江吞噬了，消失的一条江不得不改名换姓。这是朝代更迭，也是人事翻覆。水只管流淌，不管自己的姓名，就像老百姓只关心自己的生活是否安全、舒适。

战争是政治家的极端手段，也是军事家为政治家服务时展示自身才能的舞台，至于人的生命和大自然山水，必然是战争的牺牲品。

马昱东忽然抓着我的胳膊说："商老师，你知道吗？当年司马昭做了一个大策划，就是要把姜维堵到这里全歼的。是姜维智慧，佯动孔函谷，骗了诸葛绪，才跳出了司马昭设计的包围圈，回到了剑阁。"

他抓着我胳膊说话，是怕我不认真听他讲这段事。其实，他写的文章《三国沓中之战及姜维退军路线辨析》我是认真读完了的。读过之后，我对马昱东又多了几分敬重。马昱东就是一个纯粹的民间的三国文化爱好者，利用业余时间做出了一些很专业的研究，而且有独到的见解。

我们先看看马昱东关于司马昭战略企图的分析：

司马昭为姜维军团设计的撤退路线非常明确，就是在西路邓艾军团连续追击、中路诸葛绪军团不断封堵状态下，一路艰难地向阴平桥头撤退，阴平桥头即是司马昭为姜维军团设定的覆亡绝地。

中路诸葛绪军团须紧密配合邓艾军团，全面封堵姜维可能向东撤退的任何通道，且必须在姜维到达阴平桥头之前先行到达，与追击而来的邓艾军团最终形成对姜维军团的合围，围困或聚歼姜维军团于阴平桥头。

姜维在即将抵达阴平桥头时获知诸葛绪军已先行到达截断入蜀退路。在前有诸葛绪军围堵，后有邓艾所部追击的情况下，姜维率军佯动孔函谷，在调动诸葛绪回军三十里后，姜维军迅速通过阴平桥头，与廖化合兵一处前往救援阳安关。

在马昱东看来，这座阴平桥头，是这场战役最重要的关键点，姜维若不能率大军顺利通过阴平桥头或被围歼，这场战争就结束了，邓艾就没有必要再去偷度阴平小道了。

关于邓艾偷度阴平小道及姜维的军事部署，马昱东在该文中有如下论述：

姜维并非不知阴平小道的存在，对于一个在此区域用兵35年之久的统兵大将来说熟知战区地理是头等重要之事，未对阴平小道设防原因有三：其一，阴平小道是樵猎之路，的确极难行军；其二，蜀汉兵力不足无法处处设防；其三，阴平小道之后还有江油关防线，江油关之后还有数百里涪江河谷，出涪江河谷之后还有涪城及绵竹关。因此，对于这个方向的防御姜维还是较有把握的。

基于以上理由，在姜维看来，调整后的蜀汉整体防御体系既有战略支撑也有战略纵深，还有战略机动力量，总体来说没有十分明显的疏漏，至于后来邓艾偷度阴平小道直抵成都导致蜀国灭亡，一方面是邓艾的确不愧为一代名将，既有丰富的战争想象力，也有临战指挥的铁血手段，还有极好的运气；另一方面，蜀汉马邈献江油关投降、诸葛瞻未能及时在涪江河谷险要之处布设防线封堵，才使得邓艾区区数千部队直抵成都平原。假设马邈、诸葛瞻在邓艾到达涪城前都能够有所作为，即使不能歼灭邓艾所部，只要迟滞邓艾长驱直入的行动，在剑阁未失情况下，姜维分兵击溃或歼灭极度疲惫、丧失后勤补给的邓艾所部的可能性极大，因为这正是姜维军事思想中诱敌深入、防守反击的绝好机会。

　　然而，历史就是这样的波诡云谲，从来没有机会假设重来。我们相信，姜维从沓中开始历经千辛万苦成功突破数万大军的围追堵截，安全撤回剑阁，再与钟会十万大军相拒对抗，他始终没有放弃获取最后胜利的信念，可又有谁能想到一条樵猎通行的阴平小道、一位不战而降的无耻叛将马邈、一位忠诚卫国但没有军事决策指挥能力的最后防线指挥者诸葛瞻、一位昏聩无能懦弱怯战的最高统治者刘禅共同葬送了他为之付出生命奋斗一生的蜀汉王朝！留给他和历史的只能是无尽的感慨与痛惜。

　　通过马昱东的这篇文章，可以看出他对三国时发生在陇南地区的战争有着较劲的专注，且有非常专业的研究。人做事，有时是需要有钻牛角尖的精神，需要有"语不惊人死不休"的决心的。同时，我还看到马昱东是非常热爱姜维的，甚至远超过热爱诸葛亮。对了，他还热爱马超、马岱等他们马氏家族的人。（我开玩笑地想，他也想替马邈辩护，只是没找到合适的理由。）

我们在露天地里站着，看了一阵子雨中的江水，聊了一阵子"郭淮城"和"阴平桥头"，飘飘忽忽落下的雨，还是打湿了我们的衣衫。罗馆长说："咱们进屋边喝茶边聊吧。"我们走进餐厅，坐下，才感觉到需要一杯热茶了。

我坐在沙发上喝茶，扭头看到茶几上放着一摞书。我有"陋习"，看到书就想翻看，同时也可以猜测一下读这些书的是什么样的人。而这一摞书，让我有些迷惑。《看懂货币的第一本书》《结构性改革》《人间失格》《南怀瑾选集》《李煜词传》《纳兰容若词传》《仓央嘉措诗传》《万历十五年》《罗织经》……这是什么人看的书，商人、诗人、政客，或者是博学广学者？在玉垒关经营一家小饭庄，用读这些书吗？

我正疑惑间，饭庄主人进来了，是一位满脸喜悦、说话随和、略显瘦小的中年男人。他和罗馆长、马昱东、李辉很熟。他和我握手时说："我认得你。去年你们很多人一起来过我这里，是毛局长的弟弟送来的米酒。"我一下愣了，那天人很多，我又没在饭桌上多说话，也没使劲喝酒，就是没有什么突出表现吧，隔了大半年他怎么就能一眼认出我呢？他好像看出了我的心思，说："你挨到毛局长坐，你和满屋人的气质不一样，一看就是外地来的嘉宾。"哦，他是凭吃饭座位排序的经验来指认我的。我说："我不是什么嘉宾，是毛局长的朋友，那天我是来蹭饭吃的。"大家哈哈一笑。

我们坐到座位上，准备吃饭。罗馆长介绍说："这位饭庄老板叫孟兴钧，曾经做过村支书，现在退下来了，夫妻俩开了这个小饭庄。他人很好，多才多艺，也爱交朋友。"罗馆长把孟兴钧表扬了一番，孟老板更兴奋了，拿出一瓶酒说："我请客。"

酒是逢山开路、遇水搭桥的"猛士"，几杯酒落肚，陌生的障碍就被打通了。

我和孟兴钧先生聊了起来。我问："那些书都是你看的吗？"他说："我没事儿就是闲翻书。"我说："那些书好像不是用来闲翻的，尤其是《罗织经》。你是受过什么伤害吧？还有一本《商君书》你看了吗？"他说："《商君书》已经买了，在路上呢。伤害倒是没有什么，了解一下古人都是怎么发坏的，倒是真的。"罗馆长和李辉听到我们聊的内容，忙打断我们，说："商老师，咱们喝酒，孟老板很性情的。"罗馆长这一句话，我就明白了。后来知道，这位孟老板曾在村镇做过负责人，心里一定有什么委屈和不平。

我和孟老板连喝了几杯酒，说些天南地北的笑话，大家一顿午餐吃得很开心。不得不说，酒，有时是治疗内心创伤的一副良药。

吃饭喝酒期间，我突然问大家："你们觉得邓艾偷度阴平道伐蜀，是做了一件英雄的壮举，还是玩的小人勾当？"罗馆长说："从历史发展的角度，邓艾是英雄。但是，从个人感情上说，我不喜欢邓艾。"李辉、马昱东、孟兴钧和罗馆长的态度差不多。我说："你们都被罗贯中骗了，中《三国演义》的毒太深了。"大家笑着说，是这样，总觉得刘备的蜀汉是正宗的朝廷，而魏、吴是逆贼。

罗馆长还讲了一个故事：文县县城不远的地方，有一座玉虚山，山下广场是一处大众休闲娱乐的场所，个体承包人在场所内玉虚山的山包上修建了一座邓艾塑像，可是，没几年就自己倒塌了。从此，再也没人修建邓艾的塑像了。

马昱东说："在我们羌族居住地区，已经把姜维奉为神明了，封他为'赤砂爷'。而曹魏集团及司马氏的人，都不招人待见。"

就是这样，面对历史只能凭据事实说话，可以有判断，不能有感情色彩，而文学和民间的街传巷议一定有感情倾向。历史是一块石头，人世间对它冷点儿、热点儿，都不会改变石头的表情，而作家和老百姓评价任何历史现象都会有鲜明的态度。有感情，就会有爱恨，有爱恨才能领到做人的准入证。

酒毕饭罢，雨还没停。孟老板说要带我们到对面的山岗上看两江汇合的全貌，也看看他开发的一块旅游文化园。我们撑着雨伞，走上了饭庄对面的小山岗。

站在高处看江水，像看一部历史的大书，内部的激流险滩已经看不清楚了，甚至水的流速也在变缓，给我们对大江的真实认识带来了困难。其实，不是我们距离水面远了，而是我们站在了高处。历史是不允许俯视的，大江大河的流速也不允许。

看过了江水，孟老板回过头来对我说："商老师，我们这里有一种地方戏叫'玉垒花灯戏'，非常好听，你写文章的时候，给写上几笔吧。"我说："你唱两句，我先听听。"说着，他就唱了起来。我听着有点儿像湖南的花鼓戏，就问他："这个花灯戏，是土特产，还是用其他地方戏改良的？"他说："改良的，但是已经有了我们当地的特色。"

罗馆长和李辉也介绍说，花灯戏在当地很受欢迎，每逢年节和重要的活动都会有演出，也是文县地方的重要群文项目。

查资料得知：玉垒花灯戏，主要流行于玉垒乡、碧口镇一带，是我国地方戏曲的一种，最早出现于明末清初。每年春节期间及喜庆日演出，已有 300 多年的历史。唱腔婉转悠扬，鼓乐动听悦耳，剧目新颖繁多，因而深受广大群众喜爱。

玉垒花灯戏有其历史的渊源，它与湖南花鼓戏、四川小秧歌剧一脉相承。文县玉垒乡有一袁氏家族，他们的祖先原来在湖北孝感地区，后移居四川酉阳，之后又定居文县玉垒乡。是袁氏家族把这个戏种带到文县，然后进行改良并发扬光大的。明代万历年间，袁氏家族中的袁应登参加武科考试及第封官为"千总"，回乡重修气势恢宏的玉垒"三官庙"，庙前还建起一座戏楼。"千总爷"指导乡民自编戏曲，将四川酉阳一带流行的秀山花灯"灯曲"与当地的耍灯表演结合，因表演中带有大量的演员耍灯的动作，加之戏台前后挂满群众自制的彩灯，故取名

"花灯戏"。"三官庙"竣工之时，花灯戏登台演出庆贺，四方乡民争相观看。此后，玉垒乡袁氏家族组织起业余花灯戏班，每年从农历正月初二演出至正月十六结束，世代相传，经逐步完善，形成了独具特色的陇南地方戏种。

花灯戏属曲牌、民歌混合体的戏曲，以曲牌为主，所有角色均为男子所扮。花灯戏表演中，耍灯的动作很多，道白以四川话为基调，唱腔、音乐既有比较浓郁的南方风格，又融合了陇南的民歌小调，形成了自己的鲜明特点，把当地群众豪放、开朗、热情的性格展现得淋漓尽致。

戏曲这种艺术形式来自民间，也活跃在民间。戏曲在古今中外都是具有广泛群众基础的艺术形式，是广大老百姓喜闻乐见的艺术形式。戏曲家也常用戏曲的形式对老百姓寓教于乐。中国的戏曲大多是用来传达道德、伦理、教化等，戏曲也确实能够影响人民的情感、品德、思想、风俗。在玉垒乡一带的花灯戏，能够传承至今，足以说明戏曲对这一带老百姓的影响之深。

我没有查过花灯戏的曲目，不知道有没有"三国"戏，有没有"阴平桥头"或"玉垒关"的戏。

我曾看到过一篇文章，是写陇南地区的戏曲通过蜀道传入四川，又经蜀道传回陇南的专论。文章的题目是《试论秧歌〈下四川〉及〈跟汉才〉的蜀道情结》，作者是彭战获、彭璞。文章说，诞生于陇南西汉水流域的秧歌《下四川》，由陇蜀道传到四川后，经过四川地区长时间的传唱与再创作，又由陇蜀道传回陇南地区，变为《跟汉才》。但是，两首秧歌的唱词、曲调大致一样。文章还将两首秧歌的唱词全文列出比照，得出结论：

民俗是流动的，文化是发展的。有史以来，陇蜀道从没寂寞过。这里，舍去官方往来不绝不说，单就民间活动而言，就一直显得活跃。

陇蜀古道的繁忙，既反映在历史文献、方志、碑刻、崖刻的记述中，也反映在民间一代代人的口碑和民俗、民间文艺中。

遗憾的是，该文没有说明《下四川》秧歌，是由哪条陇蜀道传入四川的。会不会是"阴平古道"？还有一首民谣或者叫陇南山歌，歌词虽然是使用人们喜闻乐见的男女情爱的手段，来反映下四川贩茶的艰难，但通过对唱词体会，我感觉隐约透漏了"小哥哥"是在走"阴平古道"的路径。歌词是这样的："走过高山走大湾，小哥哥拌茶下四川。百五的褙子棕绳绳捆，脖子背长腿背肿，山大沟深小路陡。"

民间文艺或民间的娱乐活动，除在约定俗成的喜庆日、节日举办之外，在战争期间也是要举办演出的。自娱自乐是镇压内心对战争恐惧的最好方式，载歌载舞、唱唱男欢女爱，把战争淹没在锣鼓声里，遗忘在九天云外。

无论是"阴平桥头"，还是"玉垒关"，都曾是战场，都曾是让老百姓胆战心惊、忐忑不安过日子的地方。但是，当战事停歇，老百姓走进戏台，锣鼓一敲，音乐一响，演员一登场，戏曲开演，那些紧张、恐惧都会被掩盖下去，在欣赏戏曲的时间里，获得了安宁与抚慰。

孟老板在山岗上的雨中为我唱那几口花灯戏，是否正宗、专业，我听不出来，但是，我看到他在唱戏的时候，神情是放松的，刚才喝的酒以及我提到的为什么读《罗织经》的事儿，已被他暂时忘掉了。

人要想活得轻松，就要学会遗忘；而历史永远是沉重的，是为活着的人提供生存经验的，是绝不能遗忘的。不懂历史的人，永远活不轻松。

"阴平桥头"被水淹没了，但绝不会被历史淹没，更不会被人们的记忆淹没；一座桥的基本功能是沟通两岸、便利交通，但是，"阴平桥头"在历史上最重要的功能，是连接了一个国家的覆灭和天下一统。

我们和孟兴钧握手告别，上车奔文县方向出发。

坐在车上，我深深地看了几眼江水，和"阴平桥头"告别，和"玉垒关"告别。

此时，我想起明代的一位小官员、也是诗人的王云凤在这里写的一首诗，诗中有这样一句："秦蜀阴平道，南北玉垒关。"看似简单的十个字，却把玉垒关的重要性给点睛成龙。

雨还是那样温和，江水还是那样矜持，但我知道，水下的"郭淮城"和"阴平桥头"不会懂得温和与矜持。

第五章　古村如玉

玉的特性是历史感越强，越珍贵。

每一滴江水是新的，而江是古老的，是古老的江水养育了古老的大山和古老的先民，那些走远了的江水，如我们敬畏的时间。没有人能把时间这头野兽按在大地上拴牢，但是，时间的绳索却把先民的足迹拴牢在大地上。

我们从玉垒关向文县出发，我坐在副驾驶的位置上和开车的李辉聊天。

李辉问我："商老师，您去过文县的天池吗？"我说："叫天池的地方我去过几个，长白山的，咱们陇南宕昌的，等等。但是，文县的天池确实没去过。文县的天池有什么特点吗？"李辉说："文县的天池，最大的特点是被宋代的皇帝给敕封过。"我说："哈哈，这些宋朝的皇帝正事儿没干几样，扯淡的事儿还真没少干。"车上的罗愚频馆长和马昱东听了都哈哈一笑。

我开始翻手中的资料。文县天池坐落在文县城西北的天魏山上，位于洋汤河源头的雄黄山麓，又称洋汤天池。平均水深97米，湖面海拔1728米。是甘肃省独一无二的集高山湖泊、动植物资源、火山地震遗迹、少数民族风情为一体的风景区。

至于宋代皇帝敕封一事，《文县志》（甘肃人民出版社，1997）载："旧志载：唐进士岐山龙尾沟人蹇雷宝任广昭节度使，为避安禄山乱，弃家修道，卒于此为神。宋敕封为洋汤大海平波敏泽龙王。"是宋代哪个皇帝敕封的，没有说明，我觉得也没必要去查考，这就是一件皇帝做的荒唐事儿。蹇雷宝"弃家修道，卒于此为神"，本来就是民间传说，皇帝就敢去敕封蹇雷宝为龙王。这个皇帝也不好好看看，龙王的行政关系和户口在不在他的政治体系和户籍管理范围内？

我想起文县历史上的一位先贤大儒韩定山先生，为文县天池写过二十八首诗，总题为《天池道中杂书》，其中的一首，我很喜欢。如下：

山头平展净琉璃，莹澈无尘亦自奇。莫道莺花多厄运，潇池原不玷天池。

李辉说："我们文县还有'四大边寨'，'中寨''哈南寨''铁楼寨''屯寨'，您去过几个？"我说："去过'铁楼寨'，另外三个找机会再去看看吧。"李辉说："您下次来，多待些时间，可以慢慢地去看。"罗馆长说："明天咱们去看一个古民居的村寨'巴巴沟'，今天下雨，路滑不好走。"我说："好啊。巴巴沟，一听这个名字就有魅惑力。"

晚上，我们住在文县，梦里都在祈盼天亮后是晴天。

早晨起来，天果然放晴了。早饭后，我们上车去"巴巴沟"。走了一个多小时，在212国道的一个小岔路拐向通往江边的小路。但是，我们看见一辆挖掘机在挖土，一些工人在修路。李辉下车和负责修路的人说了几句，工人们很快给我们把路口清理出来，让我们通过。下坡，超过40°的坡路。一座吊桥出现在眼前。这是一座钢结构斜拉式吊桥，桥面宽度只有3米左右，仅能容一辆小型轿车单向通过。车走到桥上，能感到明显的晃动。我问李辉："去巴巴沟，必须走这座吊桥吗？"李辉说："现在只能走这座吊桥。对面是玉垒乡玉垒坪村，巴巴沟是玉垒坪村的一个社，相当于玉垒坪村生产大队的一个生产小队。"我点点头，表示听懂了。

过了桥，我们先向左侧走了一段，路旁站着一个50岁左右的人。李辉说："他是玉垒坪村的书记，他带着我们一起去巴巴沟。"书记姓袁，看上去是一个很敦厚、和善的人。

袁书记上车后，车又调头往回走。没走一会儿，就开始爬坡。车一直爬坡，崎岖，蜿蜒，直到来到一个村口停下。

村口有一个山门，门额上有"巴巴沟"三个手写体的字。罗馆长问李辉："这三个字是你写的吧？"李辉说："是。"这时，罗馆长才向我介绍说："李辉曾在玉垒坪村做过一年驻村干部，这里是他的工作场所，为巴巴沟的保护他做了很多工作。"我恍然大悟，怪不得刚才李辉开车在山路上行驶时，看着很危险，而他却从容自如，原来对这里的山路了如指掌啊。

李辉和袁书记带着我们从第一间房屋开始看，一直看了十几间。这里的房屋，屋墙、屋顶一律用石块、石板垒砌，看得出石块和石板（片）都是这座山上土生土长的原生物。房屋是一家挨着一家，可见在满是石头的大山上铲平一块地用来盖房子是很艰难的。所以，只要有一块平地，就挨着盖房，不管房屋是否拥挤，好在现在这些房子里都不住人了。袁书记说："政府早给巴巴沟村民在不远处盖好了安置房，在碧口镇也有安置房。"

　　石头盖的房子、石头铺的路面、石头砌的院子。脚下是石头，身旁是石头，头顶也是石头，这里所有的建筑材料包括一些生活用具都是石头，这是石头世界里的石头村。

　　我们来到一处稍微宽敞的地方，一条小溪清清亮亮地流着，溪水里有一些小鱼在游动。袁书记说："这种小鱼叫'木叶鱼'，只有巴巴沟这里才有。"我问："这里应该有'娃娃鱼'吧？"袁书记说："有。原来人们不知道娃娃鱼的珍贵，现在已经保护起来了。"

　　小溪的对面是个院子，院坝的石头上坐着一位老奶奶，老奶奶身旁是一只母鸡带着一群小鸡仔在觅食、嬉戏。老奶奶一头白发，但精神很好，看到我们走过来，就和袁书记打招呼。他们用方言交谈，我一句也没听懂，看他们的表情知道是在互致问候。李辉告诉我，老奶奶住在前边的安置房里，这个石头老房子只是用来养鸡的。平时，要把鸡关在窝里，这会儿把鸡放出来。但人要看着鸡群，不是怕鸡跑丢了，是怕天上的鹰隼把鸡仔抓走。哦，老奶奶是鸡群的守卫。

　　袁书记说："现在巴巴沟里仅住着十几位老人，年轻人都出去做工了。住在这里的老年人不愿意离开，把他们请到外面的安置房里，他们还是要跑回来。对这里有感情啊。"

　　通过和袁书记聊天，我知道这个巴巴沟是因为周边有八条沟而得名。现在的村落是明末清初留下的，距今至少有 400 多年历史了。村里的人大多数是袁姓，是"湖广填四川"时，移民过来的。但是，巴巴沟这个地方在西汉之前就应该有人生活了，是羌氏民族的猎人或药农。遗憾的是，因为没有文字记录，所以，只能凭民间传说猜测。

我想，那时生活在这里的羌氏人也一定是被战争或内斗驱赶到这个地方的。能在这里繁衍生息，不仅需要顽强的生命力，还需要强大的精神意志来支撑。那么，无论是羌氏人，还是后来移民来的湖广人，在这里生活一定时间后，再从这里走出去，一定是不可小觑的人。

我和罗馆长、马昱东、李辉沿着石头路向小村的深处走了一段，发现四周都是大山，平地很少，这个巴巴沟真是苍翠大山怀抱里的一串晶莹的珍珠啊。一个问题突然在我脑海里生出：最初的先民们，是怎样在这样的环境里生存的呢？除了狩猎、采摘山货、饲养家禽之外，在哪儿种粮食呢？怎么婚嫁呢？我向袁书记提出这些问题，袁书记说："能种粮食的地方有，只是不多，也不可能有太大的面积。婚嫁是隔山通婚，就是这条沟里的人和山那边沟里的人通婚，附近还有几条沟里有村落，包括碧口镇。"

袁书记接着介绍说："现在看着我们巴巴沟高居在山顶上，但在历史上到 50 年前，我们这里也是交通要道。从玉垒坪到碧口只能爬这座山，从我们巴巴沟的村里通过。所以，巴巴沟和外面一直是联系紧密的，不是世外桃源。"这时，我才恍然大悟。玉垒坪和碧口之间隔着这座山，山顶的巴巴沟就是往来商旅、挑夫、走亲访友者的"驿站"。但是，仅以"驿站"为生恐怕也是不可能的，还必须有其他的生存之道。我想了半天，大概巴巴沟居民的生存之道，就是坚韧、耐劳，生活中没有"苦"字。

我在巴巴沟看到了一处景色，一些瘦弱的野草生长在巨大的石头缝隙里，这些野草的头上顶着瘦弱的花朵，草摇花也摇，看上去，依然是优美的舞蹈；而那些石头低头不语，甚至用青苔覆盖住自己的脸。历史是沉重的，可以无声，可以允许现代的花草招摇，但是，如果花草无视历史这块巨大石头的存在，现代的花草将无立足之地。

400多年的古民居能完整地保存下来不算奇迹，400多年前的居民能生存下来并延续至今才是奇迹。

从巴巴沟出来时，我们在李辉题写的山门下合影，和李辉的书法合影，和巴巴沟的石头房屋合影，和崇山峻岭的葱郁合影。

汽车大约走了20分钟，我们来到玉垒坪村袁书记家。袁书记家的院子里，有两棵樱桃树，树上结满了樱桃。打眼一看，红红黄黄的樱桃真是喜庆。袁书记说："有些还没熟透，你们挑着吃吧。"

我拉弯一根结满樱桃的树枝，开始是一颗一颗地摘着吃，后来是一把一把地撸着吃。马昱东拿出手机录拍我抱着树枝吃樱桃的样子，并问我："商老师，樱桃好吃吗？"我说："好吃，就是有点儿贼味。"

"是不是好吃的都有贼味啊？"

"那是你的经验。"

大家哈哈一笑。其实，我们四个都在树下摘着樱桃大吃大嚼、埋头苦干。袁书记站在一边看着，满脸慈祥地笑。

坐在袁书记家里喝茶，我想起 2020 年 5 月从陇南武都区去琵琶镇张坝古村参观的事儿。

先讲一个民间传说吧。相传三国时，蜀汉景耀年间，蜀汉名将姜维统兵北伐中原，收复西川。过阴平郡，经秋坪寺，遇连天大雨阻住行程，暂住在那里。一日，登山去秋坪寺拜佛，观其山形，状若琵琶，故改"秋坪寺"为"琵琶寺"。至此，琵琶寺之名一直延用至今，琵琶镇也因此而得名。琵琶镇的张坝村是个古村落，是陇南市委、市政府重点保护的古民居。

张坝古村共有 28 座院落，都是土墙老瓦、黑檩旧梁。墙体都是石渣土筑起来的板墙，屋内细泥覆面。院子大多是四合院，有正房，两侧也有厢房。村子中间，有一座悬着的吊楼，吊楼旁边是一棵大树，树身较粗，一个人双手合围抱不住。大树上挂着一些红布条，是一些信奉佛教的村民祈福、祷寿后献上去的。村口立有一块木质的牌子，上面勾画着景区已经打造和准备打造的图标，有鸟桥、魁星楼、博物馆、崖蜜馆、花椒馆等。

　　我还参观了"陇南传统民居泛博物馆"。博物馆前院正房大厅，用模型、图文集中展示张坝古村落的整体风貌和专家学者关于陇南传统民居的科研成果。正房二楼，集中展示传统木建筑内部构建工艺（柱、榫、卯、檩、梁、椽、墙、笆、瓦等）和"墙倒屋不塌的秘密"。前院厢房，陇南市八县一区各一展室，介绍各县区传统民居的分布、特点、演变等。同时，每县区选择一处具有代表性的传统民居，用模型、影像、照片及文字作展示，其中就有巴巴沟。博物馆后院正房大厅，展示与古村落、传统民居相关的视频、书画、摄影作品；正房二楼为民俗实物展示厅；厢房二楼为老百货商店。当然，我去的时候，百货商店还是空的，仅供参观，没有交易的功能。

　　从张坝古村的"陇南传统民居泛博物馆"的展示可以看出，陇南市委、市政府对古民居保护的重视，同时也说明陇南地区的古民居确实保存得很好。

　　那日，我们在张坝村吃的午饭，并喝了几杯酒。饭后，应毛树林局长之邀，我为张坝村古民居题写了"古村如玉"四个字。其实，不是毛局长之邀，是700年的古村落之邀，是我个人的情感之邀，所以才敢拿毛笔献丑。

　　"古村如玉"，张坝村如玉，巴巴沟如玉。玉的特性是历史感越强，越珍贵。

　　2016年的春天，我曾和几位诗人到过文县铁楼乡的白马寨，那是更为古老民族的山寨。现在那里居住、生活着白马氏人的后裔，今天的白马藏族人。这个寨子里的房屋建筑材料看上去是新的，但房屋的样式和布局却是古老的。氏人是文县的土著，夏商时期就居住在文县一带。白马藏族是后来民族划分时安在这些氏人身上的，他们的语言、生活习俗都与藏族没有关系。尽管他们现在过着很现代的生活，但是，他们还一直保留着氏人最古老的一些习俗。比如，正月十五的火把节、奔放热烈的火圈舞、深情真挚的敬酒歌等。

我记忆深刻的是白马人的舞蹈：池哥昼。九个人戴着"鬼面子"，很像西南少数民族地区祭祀或表演时戴的"傩"。"池哥昼"的舞蹈具有很强的叙事性，九个演员分别扮演不同的角色。仪式感强，感召力也很强。"池哥昼"是白马氏人一种古老的群体祭祀舞蹈，其产生的年代目前尚无从考证，但从"池哥昼"神话人物身上体现出来的宗教色彩来断定，形成完整的形制当在唐代以后。

"池哥"是白马人对山神的称谓。现代研究者根据白马语发音，记作"池哥"。其实白马语的"池哥"又称"仇池哥"，显然是杂入了汉语。"哥"的发音与"额"和文县方言"我"相近。"我"字的本义为执戈之人，引申为君王之义。"池哥"应为"池我"，意指仇池氏王的儿子，因仇池山而化为山神。氏人在南北朝时期于仇池山地区建立了"仇池国"，后来又在文县地区建立"阴平国"。"池哥"可以理解为对氏人先祖的祭祀，也是对山神的崇拜。崇拜山神本来就是氐人的信仰和习俗。

"池哥昼"是早晨开始起舞，每当"池哥昼"舞起，锣鼓声响彻在山水之间时，全寨子的男女老少都会跟随其后载歌载舞。那场面，那氛围，不得不让我想到很久很久以前古老的氐人。

我在白马山寨醉倒过一次，不知是被白马人的咂杆酒醉倒的，还是被白马人的淳朴、热情、真挚醉倒的。醒来后，发现岷山上的雪是洁白的，白龙江的水是洁白的，白马人的心灵更是洁白的。洁白如玉。

陇南古村落保护比较好的还有很多，我在撰写《蜀道青泥》时，曾去过徽县的大河乡青泥村、栗川乡等，在《蜀道青泥》中已写过体会，这里就不再赘述了。我没去过的那些古村落，就不在这里列举了。

我们在玉垒坪村吃了午饭，和袁书记握别，就上车往文县方向走。

车快到吊桥时，马昱东让李辉停车，告诉李辉在桥上走时把车开得慢一点，他先跳下车，跑过吊桥，站在对岸的高处，拿着手机录拍我们的车过桥。他是要拍视频发"某音"。现代的通信手段发达，自娱自乐的自媒体更发达。马昱东就是通过自如地使用新型自媒体，来证明他的精神面貌与时代的合拍，让自己永远是个青年，不成为时代的落伍者。还有，马昱东的性情里，始终有孩子的天真与浪漫。我一直怀疑马昱东写诗，可他就是不承认。

车到桥中央的时候，我望了一会儿江水。我现在看到的每一滴江水都是新的，而江是古老的，是古老的江水养育了古老的大山和古老的先民，那些走远了的江水，如我们敬畏的时间。没有人能把时间这头野兽按在大地上拴牢，但是，时间的绳索却把先民的足迹拴牢在大地上。

我们又被堵在来时的那个路口了。这次李辉下车去找修路工程队的人沟通，得到的结果是：等半个小时。

车停在路边，我们下车，走进坡下的一个院子里。所谓的院子，就是能同时坐几个人而已。这所房子是修路的工程队租的房子。工程队的负责人和罗馆长、李辉都很熟络，给我们泡上了热茶。我们坐下准备喝一杯热茶时，罗馆长发现院子里有两个石头水槽，水槽四周有很完整的戏曲人物雕刻画像。罗馆长趴在水槽边开始仔细端详，我们也凑过去看。石雕的工法是寻常见的，只是画面的内容值得揣摩。我看了一会儿，心想，这两幅戏曲画像应该是玉垒花灯戏的剧照吧。其中一幅画像有题名，是"杀狗劝妻"。这是一个曾经在民间流传很广的故事，许多戏曲都将其改编搬上舞台，只是现在的人大多不知道了，或者知道了也装作不知道。我是牢牢记得的，现在就把这个故事的梗概复述在这里吧。

春秋时，一个叫曹庄的人在楚国做官，忠君报国。但因家中老母在堂，年迈多病，曹庄禀明楚君，回家奉养母亲，待母亲终年之后，再回朝奉君。曹庄辞官后，以打柴度日。曹庄的妻子焦氏，很是不贤，好吃懒做，刁钻成性，尤其对婆母经常虐待，吃穿不周。曹庄曾对之多次规劝，但焦氏一味蛮横，拒不认错。一天，曹庄打柴在外，焦氏乘曹庄不在，在家大吃大喝，却不顾婆母饿肚。曹母饥饿难忍，向焦氏讨口饭吃，反遭焦氏打骂。曹庄回家，曹母向儿子诉苦，曹庄怒气冲冲指责焦氏，焦氏胡搅蛮缠，耍赖使泼，引得曹庄火起，操刀欲向焦氏。焦氏见事不好，一边求饶认错，一边逃走。正有家养之狗跑来，曹庄怒气未消，一刀将狗砍死。焦氏经此一事，幡然悔悟，改变对婆母的态度，从此一家人和睦相处。

另一幅雕刻的画像是武打戏，两队士兵骑着马、拿着刀枪厮杀。但是，看不出是谁和谁打，也找不到文字说明。我说："姑且当作是姜维和邓艾在沓中之战吧。"马昱东说："不可能。画面上如果是姜维，决不可能是和邓艾打。因为姜维基本没打败过邓艾，姜维后半生总是憋着一口气要打败邓艾一次，但最终也没能实现。所以，这幅画像不会是姜维和邓艾对阵，本地老百姓不会把姜维打败仗的事刻在石头上。"我说："好吧，姜维在你心中是大英雄，连他打过败仗都不让老百姓说。"大家笑了一会儿，坐下喝茶。等了一个多小时，我们才上车出发。

车没走多远，李辉指着一座山说："商老师，那边的那座山叫阳山，整座山都是金矿，已经探明是亚洲黄金储量最大的山了，亚洲排第一，世界排第六。现在保护起来了，不许开发。"我说："是留给子孙后代吗？"李辉说："留给谁，我们就不知道了，反正现在是没挖掘，有黄金部队在看守。"我对探明了黄金而不挖掘表示敬佩，现代人太容易急功近利。所有的生存资源都是有限的，要想保护我们这个民族的血脉延续发展，就不要把我们看到的宝贝都在我们这辈子挥霍光，要给子孙后代留下一些可持续发展的家底。

车拐进了另一条路，罗馆长说："商老师，我们去看看邓艾城。"我说："好啊。"

提起邓艾城，我的脑海里就翻腾出在资料里读到的"邓艾城"。"三国时，曹魏大将邓艾屯兵阴平，在文县城以东约2公里白水江北岸的清水坪筑城，称邓艾城，与江南岸姜维城对峙。"这是"百度"的名词解释，但是，我对这一解释，一直存疑。

车停进一个小广场的停车场，我们下车后，罗愚频馆长指着南面的一个居民小区说："商老师，我家就住在那个小区。"我向那个小区看了看，点了点头。罗馆长接着说："江对岸就是邓艾城。"这时我才发现，刚才我们已经过了白水江。

我们脚下的这一段江面有些窄，江水的流速很快。

两岸都修有石头堤坝，看上去很规整，用规整的石头来限制水的狂傲不羁。

白水江峡谷在这里显得很宽敞，是个屯兵、操练的好处所。

我们过桥走到江的北岸，罗馆长指着半山腰的一片农田说："那就是邓艾城，现在什么遗迹都没有了。20世纪60年代大修梯田，把原邓艾城的遗址都给平整了。不过，山形和水势没有改，你可以站在这里感受一下。"感受一下？哦，对着现代植物去感受历史遗迹，就是凭空联想吧。

我看着那片平整的农田，已经没有任何兵马驻扎过的痕迹。那些长势良好的农作物，也不会记得这里曾住过一支影响中国历史进程的军队。我问罗馆长："邓艾当时也有3万左右的人马，这里住不下那么多人吧？"罗馆长说："这里住的是邓艾的中军，周边还有几处驻军的地方。"我又问："姜维城在哪里？"罗馆长回身指着南岸邓艾城斜对面的地方说："在那边，距离这里有5千米左右吧。现在已经是居民区了。"

"当年邓艾和姜维在这里两军对峙过吗？"

"没有。邓艾到这里时，姜维已经快跑到剑阁了。"

我又问马昱东："这里距离阴平桥头有多少千米？"马昱东说："大约60千米吧。"

真好，邓艾城里种粮食，姜维城里住百姓，现在两座"城"是相互依存了。从敌对到相互依存，就是历史变迁的规律。当然，从相互依存到敌对，也是历史变迁的规律。

关于邓艾当年的军队都住在哪里，罗愚频馆长在《邓艾偷度阴平考》一文中通过对一些历史遗留的地名的考证和推理，得出了邓艾驻军的地点及行军的路线。我摘录一段在这里。

　　古之坪。在城关镇元茨头村西高原上。

　　邓艾城。在县东河北五里园子头高原上。（长赟《文县志·卷二·营建志》

　　魏坝。在县东二十五里尚德镇。

　　邓至山。在县东二十五里。（长赟《文县志·卷一·舆地志》）

　　攀葛山，攀葛河。在刘家坪乡西南。

　　魏家湾，魏子沟。在刘家坪乡西南。

　　关口。在刘家坪乡西南。

　　邓家坝。在刘家坪乡东南。

　　深沟。在刘家坪乡西南。

　　关头。在刘家坪乡东。

　　魏子湾。在刘家坪乡南。

　　魏子山。在刘家坪乡南。

　　七信沟。在刘家坪乡南。

　　方橙崖。在范坝乡西南。

　　古道坪。丹堡乡西南。

　　这些地名，结合口碑，再对照史籍，不仅可以得出邓艾"偷度"阴平以南摩天岭到江油戍是史实，而且大致可以看出邓艾的行军路径。

　　"古之坪"在"邓艾城"以西，与"邓艾城"遥相呼应，也应是邓艾驻兵之所，揆诸地形，从军事上看，此两者互为犄角之势，且"邓艾城"（即元茨头高原）处，不足以屯三万左右兵力。"邓至山""魏坝"均在今尚德镇东白水江北岸五里处，此应是纪念邓艾过此伐蜀的。之后的几处地名，基本在今文县刘家坪乡境内，摩天岭之北面。"邓家坝"，至今无一邓姓，当为当年邓艾驻军之所（口碑亦如此）。"攀葛山""攀葛河""深沟"，令人想到《三国志·邓艾传》中"将士皆攀木缘崖""山高谷深，至为艰险"的记载。"魏家湾""魏子沟""魏子湾""魏子山"，至今亦无魏姓之人，地名如此奇特，"魏"字如此集密，可能是当时邓艾大军留下的伤兵为纪念魏军伐蜀之事而命名。"七信沟"，民国年间称"听信沟"，又称"集信沟"。在文县至今仍还有人"j""q"不分，如"集合"，有相当多的人不读"jí hé"，而是读为"qí hé"。故此，"七信沟"本应写作"集信沟"，应该是邓艾到此听候或集中信息（情报）的地方，与其往南的"魏子山"（魏至山或魏止山）结合起来看，应是魏国军队到此因山高路险，无法过马，就停止前进。"方橙崖"，此"橙"字，是否应为"邓"字，"方"在文县土话里是"为难"之意，此地名是否蕴含着"为难邓艾"之意哩。

　　从文县境翻越摩天岭到今四川青川县，有很多地名亦与"魏""邓"相关。

　　以上的分析，虽为推测，但这么多地名皆集密在一个地域，绝非偶然或臆造，我们说，当年邓艾曾行军于此，应是不争的事实了。但其具体路径为何，须结合口碑资料进行探析。

邓艾城，是263年邓艾在文县（阴平）一边休整部队，一边派人四处打探入蜀途径的军营大寨；是邓艾实施灭蜀计划的总部。邓艾在这里反复研究、探路，最后选定了"阴平邪径"。为躲开蜀军耳目，邓艾宁愿行七百里无人烟的小道，忍受艰苦卓绝，足见其灭蜀汉的决心。多说一句，邓艾率军走"阴平邪径"时，一定有熟悉路径的本地人做向导。彼时的阴平郡仍是蜀汉的属地，给邓艾做向导的人，也是蜀汉的子民。

看了邓艾城，姜维城我就不去看了。我不想把无效的悲悯与怜惜放在一个英雄身上。姜维，就其个人而言，虽然不是这场战争的失败者，但也是败军之将。蜀汉亡国虽然与姜维个人的关系不大，但是，一个有雄心壮志的英雄，在国破家亡时，也是凄凄惨惨戚戚的。史料上说，姜维在乱军中因"心口疼"，拔剑自刎。我想，姜维当时应该是心肌梗塞，一般会在大怒大悲时发作。

邓艾城旧址的庄稼正茂盛着，而且会年年茂盛；姜维城旧址里居住的百姓，正过着平安的生活，希望老百姓能永远平安。

第六章 韩定山与《阴平国考》

韩定山有着修史者的襟怀、责任与态度，他的一生，历经三个时代，从晚清到民国，再到中华人民共和国。他没有辜负文县这一片山水，没有辜负"吾土吾民"。

为生养自己的土地修史、撰志，是义务，也是一个文人的责任。

唐代诗人王勃在《秋日登洪府滕王阁饯别序》中有"物华天宝，龙光射牛斗之墟；人杰地灵，徐孺下陈蕃之榻"之句，其中"物华天宝""人杰地灵"成为了被广泛使用的成语。尽管这两个成语的意思是人尽皆知的，我还是愿意在这里让人讨厌地再解说一下：凡是精华的事物，都是天上派遣到人间的宝贝；一个人能成为俊杰，是因为这个人生活的地方有精灵之气。

之所以重新解释"物华天宝""人杰地灵"这两个成语，是想说在文县这个地方出过一个天宝、一位人杰：韩定山。

韩定山出生于 1893 年，原名韩瑞麟，字定山，号苏民，文县城关所城人。

韩定山年幼时，家境贫寒。但是他聪颖好学，16 岁那年考入兰州存古学堂，结识了天水学者周希武，开始接受革命思想，并加入了同盟会。清宣统三年（1911 年）秋，武昌起义爆发，韩定山与同学陈组章、田国锡等从兰州弃学回归故里，组织英年社，响应在天水起义的黄锥。中华民国成立后，改英年社为共和会，后又改组为同盟会文县支部。1912 年，韩定山到碧口高等小学任教员，1913 年回县城主办初级小学。

1915 年，韩定山应天水俊士考试，名列榜首。1918 年，他主办文县高等小学堂，并按学生成绩编班级，这个举措应该是民国以来最早的按成绩分班制。

韩定山为学生购入中华书局发行的《共和国教科书》做教材，进行单班授课，为文县实行新学制奠定了基础。后来，他随马绍武从军，当了中标团团副。1928 年，任省财政厅秘书。1930 年，任县教育局长，经与县政府多次协商，将原来由乡豪把持的斗捐、牙佣、盐课定为全县教育常备款项，从那时起，文县开始有了教育经费。

1933 年，韩定山任碧口小学校长，与驻军旅长丁德隆多次协商，将学校由闹市区移建于碧山公园内。1942 年，他倡议创办文县初级中学，担任国文教师，将家藏《万有文库》第二辑一套捐赠给学校，并筹资辑印《肖献武文集》、何桐藩的《北游日记》《南游日记》、程晋三的《甲后吟草》《舜余集》。

1945 年，韩定山当选为甘肃省参议会参议员，并应聘为兰州师范教员授国文课，又担任兰州大学国文系讲师，在兰任职期间，与邓宝珊、慕绍棠、张维、范振绪、水梓、蔡筱霞、许青棋、李剑夫等结为知交，并参加兰垣文化界人士组织的"干龄诗社"。

1949 年冬，韩定山与地方士绅一起促成文县和平解放。1953 年年初，受聘为甘肃省文史馆馆员。任职期间，撰写了大量有价值的文史资料，并将近万册家藏图书赠予甘肃省图书馆。

韩定山一生著述甚丰，出版《长春楼诗草》《长春楼文存》

《长春楼读书录》《阴平国考》《文县耆旧传》《修志私议》《彷徨集》《更生集》《甘肃历史自然灾害录》等作品。

韩定山于 1965 年 7 月 30 日病逝于兰州，骨灰安葬于兰州华林山革命烈士公墓。

以上文字，是带着官样文章面孔的，可是，总结一位时代俊杰的一生，总是要庄严、规整吧。下面我们再聊聊韩定山先生的几段故事。

韩定山的一生，历经三个时代，从晚清到民国，再到中华人民共和国。时代的大变革，必然给变革中的人赋予传奇色彩，尤其是投身于变革中的先驱者。所以，是那个时代造就了文县的这位奇才、大儒。

据文县的资料显示，韩定山 5 岁就开始读书，在外公张吉甫的私塾中接受启蒙教育，同时也深受韩氏家族先祖的影响。韩氏家谱记载，韩家自明嘉靖年间移居文县县城，万历年间以教授生徒为业。这说明，韩氏先祖刚到文县的时候，日子过得并不算富裕，仅以教学授课为业。

韩定山 15 岁时就以高才生的名义被送到陇南中学读书，17 岁被保送到"甘肃速成师范学堂"读书。第二年，"甘肃速成师范学堂"更名为"存古学堂"。从文县到兰州大约 600 千米，韩定山竟然是用双脚一步一步地走过去的。600 千米，韩定山走了多少天，我没找到资料说明。

韩定山在甘肃存古学堂学习期间，正是革命思想在全国悄然传播的时期。

那时，清王朝的基业已是腐朽至极、坍塌在即。在整个中国大地上，各地的志士仁人，通过各种方式传播新思想。正是在这种情况下，清政府才大力创办"存古学堂"，目的就是教化青年学子保存、遵守封建帝王文化，摆脱革命思潮的影响，保持奴性，不要造反。

在全国众多的"存古学堂"中，最早的一所是清光绪三十三年（1907 年）在湖北创办的。因为有着官办身份，"存古学堂"经费相对充足，不仅聘请了一批知识渊博、饱读诗书的老师授课，对毕业生也给予较好的待遇，在当时还是有相当大的吸引力的。据说，清宣统二年（1910 年），江苏"存古学堂"开办时，顾颉刚、王伯祥、叶圣陶三人曾去应考，均落榜。后来，顾颉刚先生说，当时他就是冲着学堂中几位先生的名头才去的。

甘肃的"存古学堂"，是由当时著名的学者刘尔炘主持的。那时学堂开设的课程极其复杂，既有义理、考据、辞章之类的课程，也有易经和宋元学案、古文辞类纂、经史百家杂抄、六经纲领、顾亭林日知录，除此之外，还有礼、乐、射、御、书、数各科课程的学习。

课程虽然重要，但社会时政新闻更重要。韩定山及同学们更关心时局和具有新思想的东西。

课堂内老师讲时事新闻，学生也讲时事新闻，出发点和内容多有不同。邹容、章炳麟的《革命军》《昌言报》以及《民报》《荡虏丛书》等刊物，在学生中广泛流传，韩定山和一些同学为了读这些具有革命思想的书报刊，甚至通宵达旦。

在进步书籍的感染下，不少学生悄悄加入了革命党，时间一长，学堂也渐渐远离了创办的初衷。

就在那时，1912 年，韩定山加入了同盟会。

从那以后，就是战乱，军阀混战、抗日战争、解放战争，等等，各种战乱。韩定山一家少不得颠沛流离。尽管，韩定山那时一直在政府和军队中，有一定的收入，但是，战争给人们带来的一切，都是无常的。

1947 年，韩定山留任兰州大学教授国文。

1948 年，韩定山接到程海寰从陕西城固发来的急电，请他救助被捕的共产党员罗全璧。他想办法联系到了省政府秘书长丁宜中，请求从轻发落。罗全璧在押解来兰州途中，乘机逃脱了。一天深夜，罗全璧找到了韩定山，韩定山资助了他 40 块大洋，罗全璧又悄悄回到西安。

1949 年的夏天，时任国民党西北军行政公署长官的马步芳，邀请在兰州大学任教的韩定山作参事，韩定山断然拒绝了。有过军旅经验的韩定山，预感到国民党即将覆灭，在国民党最后的挣扎阶段，形势会越来越严峻。为了保护学子不受国民党军的利用，他秘密请求甘肃省教育厅提前给学生放假。他雇了几辆大车，将学校里文县的学子都拉回了家乡，保护了许多学生。

甘肃刚解放，他就将家里的地契、器物、余粮全部捐献给了国家。

1953 年，韩定山被聘为中华人民共和国甘肃省文史研究馆馆员兼省馆秘书，负责馆内往来公文函件和行政事务，撰写修订了一批史籍资料。

1956 年，时任甘肃省长的邓宝珊邀他同车前往文县，参加公路通车典礼并致辞。这次回乡，他将家藏的全部图书一万余册悉数捐给了国家，为此，得到省长邓宝珊的嘉奖。邓宝珊对韩定山说："陇上道德文章除鸿汀外，就你老一人而已。"

韩定山不是一位简单的读书人，是受儒家思想熏陶的仁人义士，是深明大义、胸怀乡土、有明确是非观的饱学之士。韩定山为家乡文县乃至甘肃的教育事业做出了很大的贡献，在文学创作、史学研究以及考古、书法等方面都是那一代人的翘楚。

韩定山没有辜负文县这一片山水，没有辜负"吾土吾民"。

文县有这样一位杰出的人物，值得骄傲。

韩定山先生所编撰的《阴平国考》，是我写这部书稿时的必读书，那么，我们就来和韩定山先生一起，再考据一下"阴平国"。

韩定山先生为什么要作《阴平国考》？他是文县（古阴平）人，为生养自己的土地修史、撰志，是义务，也是一个文人的责任。可以看到韩定山先生为作这部《阴平国考》，翻阅了大量的史料，面对这些史料，他一边陈列，一边做出自己的判断。

这是修史者的襟怀、责任与态度。全文分六大部分，大概能"考"的部分都"考"了，不能"考"或无法"考"的部分，只能留给后人再"考"。

韩定山先生的《阴平国考》大约成文于 20 世纪 50 年代初，我是从他在序文中的一段话得知的。"方今世变日亟，国难方殷，潢池弄兵，所在有多，焉知不有二三妄人，蜗螂转丸，翳蓬艾以自雄乎？相彼雨雪，先集维霰，俯仰古今，不自禁其虑患之危且深也。而忍以阴平国小，荒忽视之耶，遂不恤识小之机，走笔录之，以备异时修志者之采获也。"

我看到，韩定山先生在作《阴平国考》时的愤懑之情。为什么那些修史的专家把"阴平国"给遗忘了，为什么无人给"阴平国"作传修志？同是氐人的边疆政权，"仇池国"有史志、传记，"阴平国"怎么没有？大有"你们不修阴平国史，我修"的味道。

韩定山先生在序文中，有如下文字：

当世从事历史，不乏大师宿学，顾其所业，大或世界，细亦一国，地方乡土之讲求，或视为渺小不足措意之事。兹之所谓阴平国者，深山穷谷，草草数十年，鼠壤蚁封，蛮争触斗，岁月悠远，简坠黑消。谁复肯以有用之光阴，为无畏之钩沉乎？然予观古来变乱之局，每肇始于荒忽僻远，盖狐兔跳梁，必于众人所不属目之地，及至纳污藏垢，痈养患成，一旦横决，而事遂不可收拾矣。

然则阴平虽小,亦古今得失之林也。

这段话,先是讥讽(带着责骂)那些"大师宿学",因"阴平国"在"深山穷谷"不肯用"有用之光阴,为无畏之钩沉",进而使阴平国的历史存在被忽视。然后,说出自己的一个重要的历史观:自古以来,天下的大变局都从"荒忽僻远"处发生,所以我(韩定山)要下定横决之心,把阴平国的历史考证完成。

确实如此,所谓"大师宿学"们,大多愿意做那些能挣流量的事情、能让上级领导买单的事情。阴平国太小了,又没有太突出的业绩,况且,氐人建立的"仇池国"已经有人著述立传了,同是氐人的政权"阴平国",在没有被指定成任务的时候,自然就无人问津了。这是现实,也是"大师宿学"的堕落。

《阴平国考》全文大约6万字,分为6个部分,"考沿革""考疆域""考种族""考世系""事记""附录"。用韩定山先生自己的话说,把能找到的史料都找来考证,但是,有些史实,也无法说得很清楚。于是,在《阴平国考》的开篇就交代:

惟古阴平,介在秦、蜀,边荒险阻,氐羌窟宅。昔在典午,群胡并兴,百顷之杨,据地称尊。晚有广香,建国于兹,南柯渺小，分自仇池，六十余载，事业寂寂，蟪蛄春秋，自暇自逸。法深附魏，乃建文州，烟云陈迹，不复可求。时阅千载，史无专籍，钩考群书，著之于册，作《阴平国考》。

韩定山先生在这部《阴平国考》中，使用的史料很丰富，也很翔实，个人的观点与判断也决不隐晦。即使他的有些观点，现在已经不被认可，但在当时，韩定山先生能如此态度鲜明、判断坚定，实在是史学家的典范。

考证历史，本来就是需要一代又一代人不断完善，没有谁可以一锤定音。司马迁的《史记》中，有许多内容不是一直饱受质疑嘛。

要考证"阴平国"，首先要考证出"阴平"的来历。实在遗憾，有关"阴平"的来历至今还没有任何史料记载。韩定山先生在《阴平国考》的"附录"中也说："斯地何以称阴平？其初义殆不可晓。"

"阴平"最早的行政建制"阴平道"，是何年何月所设，也是莫衷一是。

长赟的《文县志》中载："文为禹贡梁州城，秦以前属氐羌无考，汉高帝置阴平道县，属广汉郡，在益州境内，为北部都尉治。"

按此《文县志》的说法，"阴平道"是汉高帝设置的。其实，在秦统一之后，就开始把少数民族地区的行政建制称作"道"，而不是"县"。

秦统一六国后,建立了华夏与夷族(各少数民族)统一的中央集权制封建帝国。秦时称华夏族为"主人",而称其他民族为"客"。秦朝中央设"典客","掌诸归义蛮夷"。秦将非华夏族的地方行政区划分为两类:一是,在被征服的少数民族地区设道,不设县。二是,在归降的少数民族地区分别设置属邦(又称臣邦、外臣邦),设臣邦君长或臣邦君公统领其地。为管理这些属邦,中央职官中设典属邦(汉改称典属国)。《汉书·公卿百官表》载:"典属国、秦官,掌蛮夷降者。"

汉承秦制,汉高帝置"阴平道","阴平道"是否是文县地区最初的名字?我们能看到的仅是西汉在氐族聚居区设置"道",属广汉郡(治今四川金堂县东),有史料记载,汉代在氐族聚居区共设置了十三氐道。"阴平道"为十三氐道之一。

《汉书·百官公卿表上》:"有蛮夷曰道。"《后汉书·百官志》说:"凡县主蛮夷曰道。"十三氐道即武都道、氐道、故道、平乐道、沮道、嘉陵道、循成道、下辨道、甸氐道、阴平道、刚氐道、湔氐道、略阳道。

韩定山先生写道:"惟阴平之置,究在何时?各史皆无明文。"

《文县志》也明确地说:"秦以前属氐羌,无考。"

可以理解,氐羌等少数民族,没有文字,所以没有记录。这一地区的史料,是秦以后华夏人用文字给予记录的。

三国时期,"阴平道"更名"阴平郡"。《文县志》载:"蜀建兴七年(229年),诸葛亮遣陈式定二郡,改为阴平郡,属梁州。"虽然"道"改为"郡",但是,文县这一带仍然是氐人的聚居地。

韩定山先生有如下描述:"窃意汉末之乱,阴平武都皆没于氐,情形殆与晋末相类。建安以后,魏力不及阴平,蜀虽全有广汉各县,而氐人叛服无常,南北首鼠。"

好了,无论怎样评价当时的氐人,有一点可以确定,氐人是"阴平道""阴平郡"、后来的"阴平国"、今天文县的"土著"。

阴平国是氐人政权仇池国的延续。在中原的南北朝时期,也是中国历史上的大动乱时期,氐人建立了五个相连的地方政权,那就是陇右氐杨氏在甘肃陇南、四川西北地区建立的前仇池国、后仇池国、武都国、武兴国和阴平国。这五个政权从东汉末年起至580年,后为北周所吞灭,共经历了380余年,与南北朝大致相始终。作为一个少数民族建立的地方政权,能维持如此长久的时间,在我国历史上是鲜见的。

不过,遗憾的是,历代史学家均未能将氐人的这五个政权列入正史,《晋书》《宋书》《北史》《十六国春秋》等都漏而不载,我认为这是故意不把氐人政权列入正史的。多数史学家少了一点儿风度,认为只有华夏人或汉人的政权才是正统,少数民族史可以忽略不计。甚至,1949年后出版的各种通史、断代史对氐人这五个政权也是轻描淡写，不作深入研究。唯有已故学者马长寿先生在其遗著《氐与羌》中对氐人政权作了简单的介绍。显然，马长寿先生的一己之力是微弱的。

中华民族五千年的历史，是由各个民族共同创造的，要研究五千年的文明史，应该重视少数民族的历史，甚至比研究华夏或汉族史更要下功夫。

有点扯远了，回到"阴平国"里，我们继续考其沿革。

我读到一篇徐日辉先生的文章《阴平国述论》，文章也是考据为主，与韩定山先生的《阴平国考》方向一致，内容略有丰富。徐日辉先生现任浙江工商大学人文学院教授。

公共资料中有关"阴平国"的解释如下：阴平国（477年—580年），是由氐族杨姓建立的政权。建都阴平（今甘肃文县和四川平武一带）。先后历七帝，共103年。

在仇池武都国被北魏所灭时，另一宗室杨文香（杨难当族弟）在北魏支持下，攻占葭芦，杀了杨文度，占据阴平，于477年称阴平公，建立政权，以与武兴国相对杭，此政权被称为阴平国。580年，阴平国为北周所灭。

徐日辉先生在《阴平国述论》一文的开篇这样论述："阴平国是氐族杨氏建立的最后一个地方政权，因居地阴平而为号。始于刘宋昇明元年（478年）十二月，亡于陈太建十二年（580年）十一月……阴平国虽然是氐杨所建的最后一个政权，但同时也是古老的氐民族所建的最后一个政权，因此大有研究的必要。"

"所谓阴平国者，杨广香乘仇池之衰，割地自娱，南北当局，亦遂假之名号，以示羁縻而已。"这是韩定山先生对阴平国的定论，而对阴平的沿革，韩定山先生也做了一个简短的总结："然则兹之所考，在前汉曰道，广汉领县之一也。后汉仍曰道，广汉属国领县之一也。蜀汉平定始称郡，杨广香割据始称国。西魏以后，改称文州，则阴平为文州之领郡之一也。后此州县废兴，演变不一，已与阴平国无涉，姑付阙如。"

《阴平国考》的第二部分是"考疆域"，但"阴平国"的疆域与本文关系不大，我就不参与了。况且，韩定山先生也说："古无所述，今胡能凿。"朝代更替和行政区划是联系在一起的。政权及地方长官势力范围的变化必然带来行政区划的变化，这种常识性话题就不多说了。不过，有一条阴平国迁徙的路线必须提一下。阴平国在立国时，首府设在今文县，后来迁到今四川北部的平武，并在平武被灭。那么，从文县迁到平武一定走的是阴平古道，当然是阴平正道，不是邓艾偷袭蜀汉时走的"阴平邪径"。

《阴平国考》的第三部分是"考种族"。有一段文字，基本厘清了氐羌在阴平一带居住的时间，原文如下："阴平虽称古氐羌地，然考东汉以前，诸羌部落，似犹未至阴平，其在阴平者，白马氐而已。东汉以后，羌氐错杂，而以氐为主。隋唐以后，则氐与羌不复可分矣。"

羌氐在远古可能是同宗同源，但是自分开之后至东汉之前，氐羌是不混居的，其中必另有缘由。关于氐羌的分合，韩定山先生没去考证，我也没有能力去考证，就把这个话题留给感兴趣的人吧。

《阴平国考》第四部分是"考世系"。阴平国的世系是不能独立考据的，一定要和仇池国的杨氏家族合并考查。韩定山先生对建立仇池国的杨氏一族进行了不厌其详地陈述、列表，让我们一目了然，但因与本文所要叙述的阴平古道牵涉太弱，我就不再赘述了。

《阴平国考》第五部分是"事记"。韩先生说："阴平山险，氐羌说窟，两汉以前，不见著录。"也就是说，西汉以后才能在史料上找到"阴平"这个地域的名字。"汉高帝六年（前201年），分秦巴郡置广汉郡，领阴平道等十三县，设北部都尉，治阴平。"

我在读"事记"这一章时，对打打杀杀的权力争夺不感兴趣，努力地寻找和阴平古道有关的信息，除邓艾偷袭之外，终于找到一条信息："梁天监十三年（514年），魏谴高肇伐蜀。梁遣宁州刺史任太洪，从阴平偷路入益州北境，率氐蜀数千，围逼关城。"战争的胜负结局史料上有，我不赘述了。我感兴趣的是："从阴平偷路入益州北境"一句。偷的是哪条路呢？是不是邓艾的"邪径"？这一段历史记载得非常简略，我无从得知。

南北朝是中国历史的大混乱时期，所谓混乱，是政治的混乱。政治一旦混乱了，其他领域怎么可能会清明？所以史料含混是在所难免的。

《阴平国考》的第六部分是"附录"。这一部分共有六则"名词解释"，是韩定山先生根据史料考证后对一些历史名词的判断。这六个"名词解释"，有两个地名与我的论题有关。

一是阴平之名。"斯地何以称阴平？"这是韩定山先生提出的疑问。韩先生进行多方面的举证，指出可能性，然后再否定，最终也不知所以。请看：

> 意者，人以北为阴，斯地当广汉之最北，汉人与氐羌习争，设北部都尉，及至开拓为县，遂为是名以志其功，并以祝其长治久安乎！或者以阳平在东，阴平在西，汉人平氐置地，相对为文。然阳平属褒沔，与阴平设治非在一时，且一县一关，于义不当对举，至姜维之所请备，则阳安关非阳平关也。《县志》释阴平桥云："桥南崇山曲拱，朝夕重阴，惟日午阴阳平分，浮光照耀。"似乎阴平之名，因山中景色而然。不知昔之阴平桥头，既非今桥所在之地，且戡定异族，开疆置县，昔人亦决无闲情雅韵，如后之诗人，流连景物，姑举其所惬心者，以为地方之名也。

真心疼韩定山老先生，为了考证出"阴平之名"的来由，从政治、地理到人文，直至文人墨客的几句诗文，最后仍然得不到准确答案。

　　阴平之名究竟何来？古老的氏人知道，他们把答案留在了秦汉之前，只是不想告诉今人。

　　历史上的许多谜题，都是先祖留给我们的宝藏，不过是没有指明挖掘宝藏的路径而已。

　　阴平之名不可考，文州之名亦不可考。"至阴平之改文州，始于周明帝二年（558 年）。名文之义，亦不可考。"不知道韩定山老先生写到这里，生气不生气，读到这里，我都生气了。这些古人真不靠谱，为一地取名或改一个地名，总得有个交代吧！尤其看看当下许多被改的地名，想想也是令人啼笑皆非。

　　二是景谷摩天岭。韩定山先生在《阴平国考》中认为：邓艾偷袭蜀汉并不是翻越了摩天岭；摩天岭的小路是南宋时被开发的，三国时这条路根本没人走过。

　　韩定山先生如是说："流俗相传，邓艾所经之地，为今文县东南之摩天岭。按摩天岭即青塘岭，亦称青云岭，此道之开最晚。《方舆胜览》卷七十阴平：'宋孝宗时，文州开青云岭以引商贩，冀收其利，周孝嗣奏罢之。'据此，则此道至南宋尤为始开，更无论三国魏晋之间矣。"

　　文县文化馆的馆长罗愚频先生曾写过一篇《邓艾偷度阴平考》，文中对韩定山先生的观点予以了反驳。我节录一段在此吧。

　　　　邓艾偷度摩天岭之事，自现代学者韩定山先生《阴平国考》

出，质疑纷纷，否定邓艾过摩天岭的文人士子甚众。我也曾于
1997年写成《邓艾到底过没过摩天岭》一文呼应之。近十年来，
因工作的关系，我参与了全国第三次文物普查工作，在此期间
发现了一些文物古迹，又重新引发了我对邓艾翻越摩天岭偷度
阴平这一史实的思考。我披阅大量史书，并三次实地考察，重
新确定了邓艾翻越摩天岭、偷度阴平这一事件是确定存在的。

通过罗愚频先生的文章得知，韩定山先生的邓艾未过摩天
岭的观点，还是引起了较大的反响。很多人沿着韩定山先生的
思路认为邓艾没过摩天岭，继而去考证邓艾走的哪条路偷袭的
蜀汉，罗愚频先生也曾深信过。但随后又否定了韩定山先生的
论断，认为邓艾一定是翻越过摩天岭的。

我呢？为考察邓艾的行军路线，已经爬上过摩天岭，从青川
到摩天岭一路看到的一些地名，让我相信邓艾翻越了摩天岭。

韩定山先生彼时在陇南地区可谓第一大儒，冠之以思想家、
教育家、文学家、史学家名号亦不为过。其影响力是无出其右
的，于是，他的邓艾未过摩天岭的观点一出，便跟随者众。后
来人们认识到，韩定山先生的阅历、经历、对史实的判断力是
有限的。

韩定山先生是人，即使是神，也会有局限。孔圣人说过的
很多话，现在也被推翻。圣人也并不是句句真理嘛。

好在，韩定山先生在《阴平国考》的序文中已经有言在先：

"从来考史难于考经，经有一定之范围，史则见闻异词，家执一说，书缺有间，无所取信，以予之学殖浅薄，而魏此文献不足之考证，抵牾乖违，知其不能免矣。"

无论如何，韩定山先生都是陇南地区的一位巨匠，其著作《阴平国考》扎实、丰富、权威，是我国历史学研究中不可多得的瑰宝。至于，个别观点与当今考证有偏差，也是情理之中的。天下有谁见过没有微瑕的白玉？况且，韩定山先生所处的时代本身，就带有历史的局限性。

第七章

宝贝的复杂地带

在城市的喧闹与山野的静谧之间，一片片翠绿的橄榄树，在微风中摇曳，树上的花朵随着树枝在舞蹈，像绿海中飞翔的蝴蝶。那些绿是新的，花儿是新的，土地是古老的。是"陇蜀古道"的一部分，"茶马古道"的一部分。

　　我和马昱东住在文县的一家宾馆，午休起来，我俩相约出去看白水江上的廊桥。

　　出宾馆不远，就是江边。许多工人和挖掘机在河道里清淤，要赶在汛期到来之前，把河道清理好。2020 年的洪水已经给人们留下了很深刻的记忆。

　　我们沿着江边没走多远就看到一座廊桥，这是一座仿明清建筑的廊桥，桥上有"文昌"字样。桥上有两层楼，每间房子都是商户。我们看到许多门是关着的，可能是因为"疫情"，客流量少，商户就不开门营业了。从"文昌"桥走下来，我们继续沿着江边走，又来到一座廊桥，这座桥叫"文兴"桥，建筑风格有明显的少数民族特征，很像铁楼白马氏人的楼阁。桥上商户也是关门的多于开门的。

　　我们从廊桥下来，边看文县的街道样貌，边向文昌楼走去。

　　尽管文县是座古城，露在街面上的古迹也已经少之又少了。但是，文昌楼还依然矗立在文县东南角的大街边上。

　　文昌楼，又称"魁星楼"，在如今的文县县城里，文昌楼是证明文县曾是古阴平城的标志性的古迹建筑。

　　文昌楼据说是明代初年所建，被誉为"白水江上第一楼"。文昌楼，坐北朝南，为木石结构的塔式楼阁，共三层：第一层和第二层为四角，有阁有廊；第三层为六角，有穹隆式阁厅。门雕窗花，楼的四壁镶嵌有古史题材的绘画，楼顶用彩陶琉璃瓦覆盖，楼角上悬着风铃。风吹铃响，悠扬悦耳，醒心醒神。文昌楼上有许多手书的对联、匾额。最突出的是由王紫瞻先生撰文、书法家侯正荣先生书就的一副楹联，对联工整严谨，书法遒劲含蓄。这副楹联对文昌楼风貌进行了由远及近的描摹，联语云："古城嵯峨，两城风物收眼底；雄姿挺秀，一江烟柳舞胸前。"

古朴巍峨的文昌楼与绿树成荫的滨江大道交相辉映，典雅肃穆与现代时尚形成了和谐的统一，不由得让我想起范仲淹《岳阳楼记》中的几句："登斯楼也，则有心旷神怡，宠辱偕忘，把酒临风，其喜洋洋者矣。"并且，在文昌楼下，我想替范仲淹高喊一声："嗟夫！予尝求古仁人之心！"

现在我们看到的文昌楼，是1987年由国家拨款后，修葺一新的文昌楼。修缮文昌楼时，文县政府又在文昌楼的一旁修建了凉亭，建有一处长数10米、宽3米左右的长廊。这些辅助建筑，是为游人提供休憩聊天、谈古论今的处所。

文县在称作阴平郡的时候，自然景观甚多，被许多文人墨客记录、抒情。清代时，文县当地的一位秀才袁象乾写过一首诗，名为《阴平八景》，现在文县的许多宣传资料都在采用这首诗，诗如下：

虹桥百丈锁阴平，日照螳螂晚复明。

素岭奇花五彩秀，西园春色四时清。

晴霓瀑布滋三里，晓葬文台映两城。

澄碧天池龙易变，尖山卓笔凤来鸣。

但是，我认为清代曾为文县县令的孙俨写过的一首《阴平八景》，从诗歌文本上考量，要比袁象乾写得好一些，意境更深远。诗如下：

阴平古渡驾虹桥，笔卓尖山透九霄。

瀑布晴随霓影落，天池浪逐碧光摇。

奇锺素岭花偏异，春到西圃色倍娇。

尤爱文台含晓霁，螳螂日照晚霞烧。

我和马昱东傍晚回到宾馆，晚饭后我们喝茶聊天，从四川青川、唐家河开始聊，摩天岭、碧口、玉垒关、巴巴沟等，一直聊到现在我们住的文县。这一路的所见所闻，都和"阴平古道"有关，包括一些有着鲜明地方特色的文化现象。我们得出这样一个结论：陇蜀道沿线诞生的文化，应该就是陇南地方的特色文化。陇蜀道沿线的文化遗产囊括了陇南地区历史、政治、经济、文化、自然生态、生产生活、风物特产的方方面面，是陇南地区物质文化遗产和非物质文化遗产的总和。

　　第二天早饭后，罗愚频和李辉来接上我和马昱东，一起向武都区进发。

　　我们依然走的是212国道，依然是沿着白水江的河谷走，依然傍着"阴平古道"的旧址走。

　　盘盘曲曲的山路，郁郁葱葱的山坡，缥缥缈缈的思绪。

　　我们要路过火烧关，路过响崖坝，路过许多栈道孔。

　　武都，现在是陇南市武都区，是陇南市委和政府机关所在地。历史上是几条陇蜀道的交会处。

　　汽车还在山水之间行进，我温习一下武都的资料吧。

　　武都区，甘肃省陇南市下辖市辖区，位于甘肃省东南部、陇南市中西部、白龙江中游。武都作为地名始于先秦，西汉置武都郡，唐改称阶州，民国改置武都县，2004年撤县设区。武都区是陇南政治、经济、文化、交通中心和军事重镇，省域南部重要的交通枢纽和商贸物流中心，陇东南区域中心城市之一。

　　武都区地处秦巴山地结合部，素有"巴蜀咽喉，秦陇锁钥"之称，是甘肃、陕西、四川三省交通要道。气候温和、四季分明，森林覆盖率达30.91%（2019年数据），素有"陇上江南"和"植物大观园"之称，被著名地质学家李四光誉为"宝贝的复杂地带"。境内有水杉、红豆杉等国家保护植物和大熊猫、金丝猴、羚牛等珍稀动物，拥有甘肃白水江国家级自然保护区（红土河保护站）、甘肃裕河国家级自然保护区两个国家级自然保护区。

武都区是"中国油橄榄之乡""中国花椒之乡""千年药乡""最美中国·目的地城市""最美中国·生态、自然旅游城市和文化魅力、特色魅力旅游城市""中国最美生态宜居旅游名区"。名优特产有"武都油橄榄""武都花椒""陇南绿茶""武都崖蜜""米仓红芪"等。风景名胜有万象洞、姚寨沟、千坝草原等。

上面这段文字是我抄录的资料，不是刻意为武都区做的宣传广告。

不过，这段资料里，有一个重要的信息给遗漏了，那就是武都区在历史上曾是"武都国"，"武都国"和"阴平国"一样是氐人建立的割据政权。

我们先来看一下武都的人文历史及沿革。

夏、商时期，武都为《禹贡》雍州之地，属氐人居住地。但是，武都最迟在新石器中晚期就开始有人类繁衍生息的足迹，他们先在北峪河流域，再繁衍到白龙江及其支流沟坝河、福津河沿岸，从而开创了武都灿烂的古文化。这个时期在武都一带生活的人类是哪个民族的人，尚无法考证。

西周、战国时，武都为梁州地，是羌人、氐人的居住地。先秦，武都已有道（县）级建置。秦朝时，武都是白马氐人管理区域，秦始皇设武都道，隶属陇西郡。

汉武帝元鼎六年（前 111 年）汉灭南粤后，又发兵击西南夷。据《汉书·西南夷传》记载："南粤破后，及汉诛且兰、邛君，并杀莋侯，冄駹皆震恐，请臣置吏，以邛都为粤巂郡，作都为沈黎郡，冄駹为文山郡，广汉西白马为武都郡。"汉武帝年间初置郡时，武都郡下隶武都（西和县洛峪）、上禄（成县西部）、故道（两当县）、河池（徽县城西北）、平乐道（康县平洛）、沮（勉县西北）、嘉陵道（略阳县北部）、循成道（成县东南部）、下辨道（成县城西北）九县。今武都区大部属武都郡和平乐道所辖。汉平帝元始二年（公元 2 年），全国又设十三刺史部，武都郡属益州刺史部。东汉至三国，郡名未改，武都隶凉州刺史部武都郡辖。汉献帝建安二十四年（219 年），刘备攻取了曹操占据的汉中郡，阻断了武都与雍州的联系，于是曹操弃武都郡，迁治至扶风小槐里。

263 年 10 月，魏将邓艾率兵南下。经武都，出阴平，用奇兵攻陷成都，导致了蜀汉政权的覆灭。原属蜀国辖地分梁、益二州，武都郡入梁州。

晋沿袭汉制，武都郡属秦州。

晋元帝建武元年（317 年），仇池氐族首领杨难敌称雄割据，自号左贤王。玫族推为武都王，郡县俱废，称武都国。元帝永昌元年（322 年）打败杨氏，遂派益州刺史镇守。明帝太宁三年（325 年）杨难敌还据。简文帝咸安元年（371 年），前秦苻坚攻克仇池国，为南秦州，置刺史，隶下辨、沮、武都、沮水四县。孝武帝太元二年（377 年），杨难敌之五世孙仇池公杨定称据。安帝义熙四年（408 年），杨氏称藩，仍为南秦州武都郡，领县如故。

北魏太武帝太平真君四年（443 年），杨文德在前仇池国镇东司马洪达、征西从事中郎任胜等拥立下，于葭芦（今武都外纳镇）建立武都国，至 477 年杨文度时为北魏所灭，武都国共传两代 4 主，历 34 年。

氐人一直想挣脱中原汉人政权的统治，先后建立了五个割据政权，但终因力量弱小而被剿灭。我在上一章讲述的阴平国，是氐人的最后一个政权。

边疆地区少数民族的割据一方自治，并不是完全与中原政权割裂，只是希望政治、经济上能高度自由，在文化上少数民族一直在接受中原的文化传统。但是，少数民族的割据政权确实分裂了国土，加深了民族间的矛盾。所以，中原政权屡屡通过战争或和谈等手段，取消割据政权，实现各民族的大一统。这个分分合合的过程贯穿了整个中华民族的发展史。其实，斗争的过程也是融合的过程，直到 1949 年中华人民共和国成立，才成为一个多民族统一的国家。

太武帝太平真君九年（448 年），武都郡始从下辨移至石门（今石门镇境内）。魏孝文帝太和二十一年（487 年），改武都郡为武都镇，镇所由石门东移仙陵山（今旧城山），拜依山筑土城，由城南钟楼滩城门登上仙陵山筑七十二级台阶，初建武都城（后阶州之名即由此而来）。西魏文帝大统元年（535 年），改武都镇为武州。西魏大统十二年（546 年），武州改属南秦州，领安育（石门县改）、东坪二县。同时下设白水、孔堤、万郡三郡。北周将白水、万郡、孔堤三郡拜入武州，下隶武都郡。

唐高祖武德元年（618 年），武都郡改为武州，治所将利（今汉王镇附近），属陇右道，辖将利、建威、盘堤、复津四县。唐太宗贞观元年（627 年）建威并将利，武州下领将利、盘堤、复津三县。唐玄宗天宝元年（742 年），武州复名武都郡。唐肃宗乾元元年（758 年），武都郡又改为武州。唐代宗广德二年（764 年），被吐蕃占据。唐懿宗咸通八年（867 年）收复。唐昭宗景福元年（892 年），武都改名阶州，州治旧城山，并改复津县为福津县。后州治虽有所移动，曾置于兰皋镇（今康县大南峪）和福津（今汉王镇）等地，但阶州之名，却一直沿用到民国初年（元朝时曾有短暂更名）。唐末（约 908 年）为岐王李茂贞地。

为什么把武都改成阶州？我没找到文字记载，倒是有一个民间传说：说当时的地方官员看到武都地区的民宅房屋都依山而建，一层层往山上排列，像一级一级的台阶，故更名阶州。若真如此更名，也真是有点儿荒唐。也许当时的地方官把武都房屋建筑特点回报给皇帝，并申请更名，皇帝老儿一拍脑门，下旨：武都更名阶州。陈仓改成宝鸡，也是唐朝的皇帝老儿一拍脑门干的。只有在封建社会里，皇帝老儿才可以不考虑历史渊源和民意地任意胡为。

后晋高祖天福八年（943 年），阶州由后晋统治。约 959 年，属后周，仍称阶州。约 924 年和 954 年，阶州分别为前蜀和后蜀管辖，长兴元年（930年），移州治于福津（今桔柑乡大岸庙）。

北宋承唐制，阶州治福津，属陕西秦凤路，后郡治复移仙陵山（今旧城山）。宋真宗大中祥符三年（1010年），北峪河日发洪水三次，淹没阶州城南南门钟楼滩一片。为保城池，州守李铸命民工在城东凿开抵龙岗（今旧城山）数百步，改北峪河水西南流为东南流（约从今北城墙一带流过，从教场坝入白龙江）。南宋时，阶州属利州西路。宋理宗端平三年（1236年），阶州被蒙古人占领，郡治曾毁于战火。

元朝时废福津、将利二县。约1260年，阶州归属陕西行省巩昌总帅府，不再是原建制的州府。

明太祖洪武元年（1368年）复名阶州，州治复移旧城山，属陕西布政司巩昌府。明洪武四年（1371年），阶州改为阶县，县令陆去在万寿山东建砖城一座，即今武都老城区的雏形。明洪武十年（1377年）六月复为阶州。

明穆宗隆庆元年（1567年），阶州知府谢锐将北峪河水东南流复改西南流（即水归古道），并在砖城之外扩建土城（即今武都老城区）。

清圣祖康熙二年（1663年）分陕西省西部置甘肃省，阶州隶属甘肃。清雍正七年（1729年），阶州升为直隶州，直隶于甘肃布政使司，领文、成二县。

1913年，废州制，改阶州为武都县，并分置出西固县。属渭川（陇南）道。1927 年，废道，武都县属甘肃省。1929 年 2 月，从武都县划出白马关督察所辖地，分设永康县，同年 4 月改为康县。1935 年，民国政府将全省划为七个行政督察区，武都县属第四行政督察区（天水督察区）。1938 年，改属岷县专区。1942 年，成立甘肃省第八行政督察区，专员公署设在武都，武都县同时改属武都专区。

1949 年 11 月 25 日，国民党广州行政院来电任命驻武都 119 军军长王治岐为甘肃省政府主席。国民党甘肃省政府的牌子悬挂在武都师范学校（今旧城山中学）的门口，直到武都解放。

把武都的资料看到这里，我笑了，武都曾是甘肃省政府所在地呀！

我咧嘴笑的样子被马昱东看到了，他问："商老师，你笑啥呢？"我说："我们现在要去的地方是国民党 1949 年 11 月 25 日的甘肃省政府啊！"我的话音刚落，一车的人都笑了。马昱东说："那是老蒋希望王治岐能为国民党最后一搏。但是，王治岐也知道国民党的大势已去，对老蒋在中国台湾的指挥也是敷衍了事。后来，他在 1949 年 12 月就在武都参加起义了，起义后任甘肃省政协常委，1985 年在兰州病逝的。"

我在心里默诵了一句辛弃疾的诗："青山遮不住，毕竟东流去。"

陇南历史上有一句民间谚语，叫"运不完的阶州，填不满的碧口"。望文生义可知，武都被称作阶州时，是交通要道和枢纽，是唐宋及之后"茶马古道"的重要集散地。关于碧口的水陆码头情况，我在前面已经写过，这里不再啰唆了。我们看看古阶州的情况。

我看到一篇署名文丕谟先生的文章，题目是《文"话"陇南：陇南茶马场和茶马古道》，我把文中与阶州有关的内容摘录几段：

至迟在（北宋）熙宁年间，朝廷已经在陇南的阶州、文州、成州设茶马场。

《续通鉴长编》载：元丰元年十一月，提举茶场司上奏朝廷：阶州未立卖茶场务督官，请求以熙宁十年以前税率管理。《宋史·食货志》载：元丰五年茶场大提举陆师闵上奏朝廷："文、阶州接连，而茶法不同，阶为禁地，有博马·卖茶场，文独为通商地"。《续通鉴长编》载：元丰六年五月，提举陕西买马司上奏朝廷：阶州增茶价恐怕影响蕃客不来卖马，请求相应提高马价抵偿茶价上涨额。朝廷要求马价不变，如蕃部卖马不愿以茶抵价，可用钱、帛支付马价。这些记载说明，元丰年间茶马交易的各项规则还在不断完善。

北宋的茶主要来源于四川。《宋史·马政》载："且茶马二者，事宜相须，诸如诏便，奏可，仍诏专以雅州（今四川雅安）、名山（今四川名山）茶为易马用。"进入陇南的茶马道主要是秦蜀道。即从四川经蜀道到达汉中，进入陇南的河池，一路运往秦州，西入蕃地，一路运往陇南的成州、文州、阶州、宕昌等地，就近易马。北宋《新开白水路记》载：至和三年（1056 年），蜀道青泥岭改道白水峡，五十五里山路，就修建了邮亭、营屋、纲院三百八十二间。纲院是客商存放物资的仓储。茶马道开通后，蜀道的茶就是走这条路的。至和之前，北宋已经在西夏边境开设茶马场。其次是松潘道。雅州、名山茶主要运往熙州、河州、岷州乃至宕昌，走四川松潘道。如果要转运至文州、阶州，就要在松潘分路，东走扶州，然后从扶州进入文州、阶州。

南宋，陇南是宋金对峙的分界线，只有陇南的阶州、文州、成州、西和州、凤州还在南宋控制之下。南宋的茶马场只能设在陇南境内。

《宋史·食货志》载：建炎元年，高宗南渡后，朝廷在川陕边境的文、阶、西和等地开设八个茶马场，四川茶马场多为羁縻马而后停。《宋史·高宗本纪》载：绍兴十二年五月，郑刚中为川、陕宣抚副使，置陕西诸路（主要在陇南）茶马场。绍兴三十二年二月，虞允文任兵部尚书、川陕宣谕使，与吴璘商议茶马场招买军马事。《宋史·孝宗本纪》载：隆兴二年十二月，孝宗皇帝诏命吴挺赴孝宗所在江南行宫，商议在阶、成、西和等州开茶马场一事。至此，陇南的文、阶、成、西和州和宕昌都有了茶马场。

汉中和四川运至关中的茶，在河池中转后，一路运往宕昌、西和、成州，一路南下阶州、文州。南宋《大潭长道二八分科后碑》载："自朝廷立市西戎之马于宕昌，马政刍秣之重首事于潭邑。……吾乡之民，盼盼然没于马政，困于赋役，诉于州家及监司者凡数载。"州府遂按大潭、长道两县户口及田土厚薄，将全州赋额以长道八大潭二的比例分割。从河池运来的茶和从宕昌买来的马一律要经过大潭县，沿途设临江驿、良恭驿、牛脊驿、麻池驿、长道驿和西和丰草监等"五驿一监"。宕昌的马到达西和州城，再经成州、河池到达陕西兴州入兴元府（今陕西汉中），然后转拨内地。很显然，西和、成州、阶州、文州的茶马也走这条路。

　　以上几段文字，虽然是全文的一些片段，但也把古阶州及陇南地区"茶马古道"的情况陈述得很清晰了。其实，"陇蜀古道"是"茶马古道""丝绸之路"的重要支线，早已被"茶马古道""丝绸之路"和古代经济研究者予以了定论。我不再评述，当然，我也没有能力评述。

　　说"陇蜀古道"是"茶马古道"和"丝绸之路"的重要支线，而不是主要通道，是因为"蜀道难"。蜀道是什么时候开始"难于上青天"的呢？是公元前186年。那一年的年初，西汉武都道爆发了一次规模为6~7级的地震（震中应该是今天的略阳一带），余震从年初一直持续到八月才停止。据《汉书》记载：

"春正月乙卯，地震，羌道、武都道山崩。"武都大地震之所以称之为大，并非伤亡人数和受灾面积大，更多的是因为其改变了江河山峦的走势，使得古汉水被分为两部分，上游部分变成嘉陵江的主干流，下游部分成为汉江的源头。

武都地震对中国历史的影响极其深远，因为浩浩荡荡的古汉水在那次地震之后，变成了嘉陵江和汉江两条江。武都地震之前，古汉水从陕西宝鸡南面发源，沿今陕西省西界流到略阳的"天池大泽"。之后分为两条：一条向南流入四川，经广元、南充等地，在重庆注入长江；另一条向东流入汉中，经陕西南部的汉中地区，贯穿半个湖北，在武汉注入长江。武都大地震之前，关中、汉中、蜀中的连通还是比较方便的，从汉中出发，逆流而上，舟行可以抵达陇西；顺流而下，行船可以一直抵达荆楚。武都大地震之后，水路不通，秦岭和大巴山成为了阻断关中、汉中、蜀中三地的天堑屏障，关中、汉中、蜀中的交通一下子就变得无比困难。于是李白才惊呼："蜀道难，难于上青天。"

我们就要进武都区了。

我想起 2019 年 5 月曾参观过正在建设中的"橄榄小镇"。在城市的喧闹与山野的静谧之间，我看到了那一片片翠绿的橄榄树，在微风中摇曳，树上的花朵随着树枝在舞蹈，像绿海中飞翔的蝴蝶。那些绿是新的，花儿是新的，土地是古老的，是

"陇蜀古道"的一部分,"茶马古道"的一部分。

"橄榄小镇"是陇南市委、市政府倾力打造的一个集经济、文化、旅游于一体的项目,小镇的基础建设正在紧锣密鼓地进行,水榭楼台已经建起来了,周边的配套设施有些已完工,有些正在施工中。

我当时看着那些橄榄树的时候,怎么也不会想到饭桌上菜盘里的橄榄油;但是,当我回到北京,每到吃饭的时候都会想起武都那一片橄榄树和"橄榄小镇"。

我去参观"橄榄小镇"的时候,只看到了橄榄花,没看到橄榄果。我曾吃过腌制的橄榄果,我吃橄榄和宋代诗人苏东坡吃橄榄果的感觉不太一样。

苏东坡在《橄榄》一诗中写道:"纷纷青子落红盐,正味森森苦且严。待得微甘回齿颊,已输崖蜜十分甜。"全诗好像和橄榄没有直接关系,仅是借橄榄释放心里的情绪。嗨,苏东坡一生吃得苦太多了,所以,吃任何东西都不会觉得甜,心里就想着吃蜜。

距"橄榄小镇"不远处,就是陇南著名的 4A 级景区万象洞。那天因为我要急着赶路回北京,就没去看,而且还学着阿Q 的口吻说:"这次留着万象洞不看,是为了下次来好好看。"其实,到现在我也没去看这个万象洞。不过我从万象洞的宣传资料里看到了一首好诗:"不是人世间,包罗万象天。卧龙何日起?玉柱几时悬?谁凿鸿蒙窍,空留丹灶烟?洞深苔石滑,何处遇神仙？"据说作者是清代的武都人贾廷琯。贾廷琯在当时是什么身份我不知道，有什么际遇我也不知道，但这首诗却透露出贾廷琯的一些隐秘。这首诗表面上看是赞颂万象洞，实际是表现作者内心的复杂情绪。可以断定，这个贾廷琯一定是在官场或情场遭受过挫折的人。写诗的人藏不得假，自己的情绪一定会泄露在诗里。

我们到达武都时已经过了午时，我们直接去了一个饭店。陇南文广旅局局长毛树林在门外接我们。进到餐厅里，看到老朋友高天佑、马青山等都在。大家寒暄一阵，就开始吃饭。

席间，高天佑和我聊起写阴平古道的准备情况，我告诉他，在大家的倾力帮助下，一定会完成。同时，请他把他研究"陇蜀古道"的四篇文章发给我，作为我写作"阴平古道"的参阅文章，他欣然答应。

饭后我和罗愚频馆长、李辉握别，他们从四川广元一路陪着我到武都，我深深地表示感谢。他们要回到文县去，我要和毛树林、马昱东继续沿白水江逆流而上去探寻阴平古道及沓中。

第八章

溯江寻沓中

想解开历史的谜团，拨开历史的迷雾，就是想看清楚今天仍然在困扰我们的一些事情的源头。历史是一条河流，只有看清楚上游的情况，才能预想到下游发展的诸多可能性，因为所有的制度和文化都有一定的延续性。

1700多年来，许多人在找，竟找到了几个不同的地方。沓中是怎么消失的呢？是记史者的疏忽、遗漏？还是记史者故意隐藏？

所有的历史都有真相，如今找不到真相的那些部分，一种可能是当时记史者疏漏或失误，一种可能是有人故意掩盖。当然，文字诞生以前的口口相传的历史，也是疑点多多，迷雾重重。

想解开历史的谜团，拨开历史的迷雾，就是想看清楚今天仍然在困扰我们的一些事情的源头。历史是一条河流，只有看清楚上游情况的时候，才能预想到下游发展的诸多可能性，因为所有的制度和文化都有一定的延续性。

我想，要看清楚"阴平古道"，就必须找到沓中这个地方。可是沓中在哪儿？1700多年来，许多人在找，竟找到了几个不同的地方。沓中是怎么消失的呢？是记史者的疏忽、遗漏？还是记史者故意隐藏？后来的考证者为什么最终也不敢确定沓中的具体位置。

我能找到沓中吗？

从武都出发，我们沿着白龙江河谷，溯江而上。

我们先来到了宕昌县的两河口镇。如今的两河口，是指岷江和白龙江汇聚的地方，所以，这个地名叫两河口。也是甘南舟曲县和陇南宕昌县的接壤之地，桥东是陇南宕昌县，桥西是甘南舟曲县。岷江的水呈黄色，白龙江的水呈水泥色，汇合后的江水呈水泥色。由于此处地势相对较高，因此，水流湍急，水势凶猛。两河口，是 212 国道所经之处，是去武都区和四川的必经之处。这里海拔 2000 多米，崇山峻岭，常见云雾缭绕。

历史上或者三国时，这里叫强川口、强川口、羌川口。

"灭蜀强川口之役，景元四年（263 年）魏大举伐蜀，征西将军邓艾率 3 万余人，自狄道至甘松、沓中（今甘肃临潭），以牵制蜀将姜维。关口战役后，姜维得知魏军主力已进入汉中。立刻领兵撤退，邓艾派天水太守王颀等穷追不已，直至强川口（今临洮南），两军接战，姜维不敌败走。邓艾则轻军出阴平，进逼成都。"（陈显泗主编.《中外战争战役大辞典》. 湖南出版社，1992 年 12 月，第 68 页）

这段文字，只是把这次战役简单地描述了一下。"沓中"和"强川口"两个地名的位置是模糊的。

陈寿在《三国志》中的描述更简单。《三国志·魏志·邓艾传》："景元四年（263 年），邓艾伐蜀，遣天水太守王颀攻姜维营，追蹑于强川口，维败走，即此。"

罗贯中在《三国演义》第一百一十六回《钟会分兵汉中道　武侯显圣定军山》中，关于"强川口之战"是这样写的（节选）：

却说姜维在沓中，听知魏兵大至，传檄廖化、张翼、董厥提兵接应；一面自分兵列将以待之。忽报魏兵至，维引兵迎之。魏阵中为首大将乃天水太守王颀也。颀出马大呼曰："吾今大兵百万，上将千员，分二十路而进，已到成都。汝不思早降，犹欲抗拒，何不知天命耶！"维大怒，挺枪纵马，直取王颀。战不三合，颀大败而走。姜维驱兵追杀至二十里，只听得金鼓齐鸣，一枝兵摆开，旗上大书"陇西太守牵弘"字样。维笑曰："此等鼠辈，非吾敌手！"遂催兵追之。又赶到十里，却遇邓艾领兵杀到。两军混战。维抖擞精神，与艾战有十余合，不分胜负，后面锣鼓又鸣。维急退时，后军报说："甘松诸寨，尽被金城太守杨欣烧毁了。"维大惊，急令副将虚立旗号，与邓艾相拒。维自撤后军，星夜来救甘松，正遇杨欣。欣不敢交战，望山路而走。维随后赶来。将至山岩下，岩上木石如雨，维不能前进。比及回到半路，蜀兵已被邓艾杀败。魏兵大队而来，将姜维围住。

维引众骑杀出重围，奔入大寨坚守，以待救兵。忽然流星马到，报说："钟会打破阳安关，守将蒋舒归降，傅佥战死，汉中已属魏矣。乐城守将王舍，汉城守将蒋斌，知汉中已失，亦开门而降。胡济抵敌不住，逃回成都求援去了。"维大惊，即传令拔寨。

是夜兵至疆川口（滍川口），前面一军摆开，为首魏将，乃是金城太守杨欣。维大怒，纵马交锋，只一合，杨欣败走，维拈弓射之，连射三箭皆不中。维转怒，自折其弓，挺枪赶来。战马前失，将维跌在地上。杨欣拨回马来杀姜维。维跃起身，一枪刺去，正中杨欣马脑。背后魏兵骤至，救欣去了。维骑上从马，欲待追时，忽报后面邓艾兵到。维首尾不能相顾，遂收兵要夺汉中。哨马报说:"雍州刺史诸葛绪已断了归路。"维乃据山险下寨。魏兵屯于阴平桥头。维进退无路,长叹曰:"天丧我也!"副将宁随曰:"魏兵虽断阴平桥头,雍州必然兵少,将军若从孔函谷,径取雍州,诸葛绪必撤阴平之兵救雍州,将军却引兵奔剑阁守之,则汉中可复矣。"维从之,即发兵入孔函谷,诈取雍州。细作报知诸葛绪。绪大惊曰:"雍州是吾合守之地,倘有疏失,朝廷必然问罪。"急撤大兵从南路去救雍州,只留一枝兵守桥头。姜维入北道,约行三十里,料知魏兵起行,乃勒回兵,后队作前队,径到桥头,果然魏兵大队已去,只有些小兵把桥,被维一阵杀散,尽烧其寨栅。诸葛绪听知桥头火起,复引兵回,姜维兵已过半日了,因此不敢追赶。却说姜维引兵过了桥头,正行之间,前面一军来到,乃左将军张翼、右将军廖化也。维问之,翼曰:"黄皓听信师巫之言,不肯发兵。翼闻汉中已危,自起兵来时,阳安关已被钟会所取。今闻将军受困,特来接应。"遂合兵一处,前赴白水关。化曰:"今四面受敌,粮道不通,不如退守剑阁,再作良图。"维疑虑未决。忽报钟会、邓艾分兵十余路杀来。维欲与翼、化分兵迎之。化曰:"白水地狭路多,非争战之所,不如且退去救剑阁可也;若剑阁一失,是绝路矣。"维从之,遂引兵来投剑阁。将近关前,忽然鼓角齐鸣,喊声大起,旌旗遍竖,一枝军把住关口。正是:汉中险峻已无有,剑阁风波又忽生。

我算不上熟读《三国演义》，但是读完三遍是肯定的。我发现，诸葛亮死后，罗贯中就心不在焉了，凡是写到蜀汉失败的情节都敷衍了事。"沓中之战"和"涐川口之战"是曹魏伐蜀西线战役的两场重要对决，罗贯中先生就这么潦草的几笔带过了。

两河口，是司马昭在伐蜀计划中的一个重要地点。而在邓艾的作战进程预案里，两河口是第一个要消灭或大幅度消耗姜维兵团的地点。

战争就是想方设法把对手置于死地。尤其在三国时期，都想剿灭其他对手，自己一统天下。否则，就有被对手吞并或消灭的危险。诸葛亮六出祁山北伐，以及后来姜维的多次北伐、西讨就是想以攻为守，防止被曹魏吞灭。

所以，两军对垒时，没有善恶良莠，只有你死我活。两军将帅无一不奸，无一不诈，无一不诡。

那么，司马昭是怎样设计、描绘的伐蜀作战路线图呢？邓艾又是怎样规划剿灭姜维兵团的呢？

"四年（263年）秋，乃下诏使邓艾、诸葛绪各统诸军三万余人，艾趣甘松、沓中连缀维，绪趣武街、桥头绝维归路。会统十余万众，分从斜谷、骆谷入……"（《三国志》卷二十八）

263年，司马昭指挥三路兵马伐蜀，东路军钟会带十二万大军攻打汉中、剑阁；西路军邓艾从定西发兵进攻沓中，缠住或消灭姜维，不让姜维回到四川增援；中路军诸葛绪堵住阴平桥头，伺机与邓艾合兵将姜维聚歼。

关于司马昭伐蜀的战略构想，马昱东写了一篇《三国沓中之战及姜维退军路线辨析》，其中一节讲述得很清晰：

根据战局演变实际情况分析，作为曹魏政权灭蜀之战的最高决策者和三军统帅，司马昭战前应做出了如下战略构想：

1. 制造准备大举伐吴的战略假象对蜀汉进行战略欺骗，同时做好对吴国的战备，以防吴国趁火打劫、偷袭进攻，扰乱后方；

2. 征调十八万人马伐蜀，兵分三路，互不统属，只服从司马昭一人指令，东西两线作战，东线由钟会领东路军十二万主攻，西线分别由邓艾领西路军、诸葛绪领中路军各三万伺机围堵、歼灭姜维军团；

3. 邓艾率先由西线发起针对姜维军团的沓中之战，随后中路诸葛绪军、东路钟会军依次按计划展开军事行动，如果东路钟会军过早先行攻击汉中，从逻辑上讲，西线战场邓艾军团、诸葛绪军团将无法及时对姜维军团形成包围和牵制，姜维军团极有可能在包围圈尚未合拢之际顺利撤退至东线参战，彻底扭转整体战役态势；

4. 东路钟会军虽为主攻，但对于整个战局的发展来说，西路邓艾、中路诸葛绪能否在西线包围并牵制姜维军团才是关键，因为东路钟会军十二万人马所需补给数量巨大，因补给路线过长且尚需翻越秦岭，注定十分艰难，假设姜维军团跳出包围杀至东线战场钟会军身后，只需断其粮道，可以想象钟会十二万大军在前有关城久攻不克、后无粮草补给的状况下，必将不攻自破，大败溃逃，此种以少胜多的战例在东汉末年及三国时期屡次上演，官渡之战就是典型战例，这应是司马昭最为担心也最不希望看到的局面；

5. 东线战场钟会军自关中发兵依次按汉中、阳安关、汉寿（今四川广元市昭化镇）及白水关（位于今四川青川县营盘乡五里垭）、剑阁、涪城（今四川绵阳市）、绵竹（今四川德阳市黄许镇）、成都攻击前进，在此攻击方向上阳安关与剑阁依然是攻击重点；

6. 西线战场邓艾军团的作战任务十分明确，就是在发起沓中之战后时刻保持与姜维军团的接战状态，牵制、阻止、迟滞姜维军团的撤退，但仅仅依靠邓艾军团包围和歼灭姜维军团是不大可能完成的任务，因为从数量上讲不占任何优势，从战力上讲，姜维军团至少不会弱于邓艾军团，但邓艾军团利用先发制人的优势，迟滞并迫使姜维按照司马昭设计的路线撤退是极有可能实现的；

7. 司马昭为姜维军团设计的撤退路线非常明确，就是在西路邓艾军团连续追击、中路诸葛绪军团不断封堵的状态下，一路艰难地向阴平桥头撤退，阴平桥头即是司马昭为姜维军团设定的覆亡绝地；

8. 中路诸葛绪军团须紧密配合邓艾军团，全面封堵姜维可能向东撤退的任何通道，且必须在姜维到达阴平桥头之前先行到达，与追击而来的邓艾军团最终形成对姜维军团的合围，围困或聚歼姜维军团于阴平桥头；

9.战争是敌我双方进行激烈博弈的复杂过程，其进程是动态发展变化的，绝对不可能按照固化的剧本演绎，因此，分别在东西两线参战的东、中、西三个军团在战役发展过程中必须严密配合，形成精密运行的战争机器才可能严格执行作战计划以实现战略目标。

邓艾又是怎样策划的呢？"九月，（邓艾）又使天水太守王颀攻维营，陇西太守牵弘邀其前，金城太守杨欣趣甘松。"（《晋书》卷二）

马昱东在《三国沓中之战及姜维退军路线辨析》一文中如是说：

沓中之战前邓艾与姜维已经交战5次，这5次战事分别如下：

公元249年，姜维第四次北伐，双方曾对峙于洮城以南六十里的洮河两岸，邓艾发觉姜维利用廖化牵制自己，而姜维进行迂回突袭洮城的作战意图后率军抢先返回洮城，姜维退兵，双方战平；

公元255年，姜维第八次北伐进攻狄道，大败王经，斩敌数万，邓艾协同陈泰紧急救援困守狄道孤城的王经，姜维小规模试探性攻击后退军钟醍，此战整个战役姜维大胜，但对于姜维与邓艾交手而言，基本可以认定为姜维进攻不利且有一定损失的小败；

公元256年，姜维第九次北伐进攻上邽，因胡济军失期未至，与邓艾交战后在段谷遭致惨败，损兵折将数千余人，这次失败是除263年亡国之败以外姜维十一次北伐战事中最为惨痛的败绩；

公元257年，姜维第十次北伐进军关中，与邓艾、司马望对峙数月后退军，此战双方并未交战，平手；

公元262年，姜维第十一次北伐，与邓艾战于侯和，交战不利后兵退沓中屯田，姜维小败。

由以上邓艾与姜维交战战事结果来看，双方在沓中之战前交手5次，两次平手，姜维两次小败、一次大败，未获一次胜绩，邓艾完全占据上风，但邓艾绝对没有就此而轻敌，原因在于包括上述五次战事在内的姜维十一次北伐全是对于魏境的主动进攻，邓艾对于姜维军团的战力有着非常清醒的认识，灭蜀之战前多次表达反对伐蜀意见，反对伐蜀意见的背后应有以下主要考虑和担忧：

其一，姜维军团之战力并未遭受重大损失，对于曹魏来说尚无一将敢言对姜维有绝对取胜之把握；

其二，曹魏数十年内除曹真、曹爽分别于230年、244年两次发起主动进攻以外，其余全部为被动防御，出境后深入蜀境主动进攻的作战经验十分缺乏；

其三，蜀地大多为高山峡谷，易守难攻，道路崎岖难行，随处皆有关隘，进攻难度极大；

其四，整个曹魏集团一线将领与士兵对于蜀地气候、水文、地形等地理状况不熟，对于进攻蜀汉有一定程度的怯战情绪；

其五，深入敌境作战后勤补给必将十分艰难，一旦发生军粮耗尽的情形，就有可能形成战局瞬间翻转，招致巨大失败。

沓中之战前上述困难依然存在，邓艾虽然经司马篡劝解最后同意伐蜀，但客观地分析，仅凭其所部三万军力想要战胜姜维军团，难度可想而知。因此邓艾在深刻领会司马昭战略意图以后应对姜维军团做出如下作战构想：

其一，全面封堵姜维军团东撤之一切可能退路，压迫姜维逐步向阴平桥头退却，绝不允许姜维有一线东撤之希望；

其二，交战初期尽可能钳制姜维于沓中为东路钟会军进攻汉中、阳安关争取时间，特别是钟会对于阳安关的攻击至关重要，拿不下阳安关整个战局都处于胜败难料之境遇；

其三，切断甘松羌、胡诸部与姜维的联系，在断绝该部可能对姜维提供的支持与配合前提下大力巩固后方，避免深入蜀境后羌、胡诸部军事反叛截断大军退路，坚决避免发生被姜维军团与甘松羌、胡诸部反包围的严重局面；

其四，先将姜维军压缩至洇川口，争取利用洇川口地形之利对姜维军团进行重大打击，力争将其击溃；

其五，洇川口之战后为避免姜维军团仍有向武街转进、再转东南阳安关的可能，必须迫使姜维军团经今日舟曲石门沟、武坪一带向博峪河谷、阴平一线撤退；

其六，在完成将姜维军团压迫至阴平桥头战役计划后与诸葛绪军共同将其歼灭于桥头。

从目前考证的姜维退军路线上看，姜维完全是按照邓艾设计的路线退军，只是诸葛绪无能，没能在阴平桥头堵住姜维，让姜维率大军回到了剑阁，参与阻击钟会大军的战斗。同时，也让司马昭设计的在阴平桥头彻底消灭姜维的计划落空。

之后，才有邓艾冒险"行无人之地七百里"，走"阴平邪径"，翻越摩天岭，到达江油关。

邓艾走"阴平邪径"这些事，前面已经说过了，此处不再赘述。我想说说姜维屯田的沓中，究竟在哪儿？我看到马昱东对过去考证沓中的质疑，并且我和马昱东一同前往舟曲、迭部、宕昌等地考察（其实是求证），我也对以往专家们对沓中的考证充满怀疑，但是，我也不能完全同意马昱东对沓中的指认。马昱东的质疑基本如下：

目前关于三国沓中具体地理位置的论述主要有如下几种：

1. 迭部洛大说

谭其骧先生在《中国历史地图集》（三国部分益州北部）中将迭部洛大标注为沓中，这是迭部洛大说的根源，此说流传极其广泛。无从得知谭其骧先生为何将洛大标注为沓中的具体缘由和依据，我们认为沓中在迭部洛大是毫无可能的，理由如下：

其一，宕昌两河口以西通往舟曲、迭部的白龙江峡谷地带人烟稀少，两岸群山耸峙，如同刀劈斧削一般，除东、西峡口以外只有向北通往岷县的天险腊子口通道，其余皆为山间至险小路，通行困难至极。兵家所云之死地无非如此，根本不利于长期驻军，即使偶尔行军路过也必须全速通过，否则若敌军封堵东、西峡口及北上之腊子口通道，全军必将处于覆亡境地！

1935 年 9 月中央红军抵达腊子口附近，毛泽东向王开湘、杨成武率领的红四团下达务必要在三日内攻克腊子口天险打开全军北上通道的死命令，否则中央红军将陷于进退无路的绝境。

即使今日要从白龙江峡谷的洛大前往岷县地区，也只有东、中、西三条路可以选择，东路绕行宕昌两河口沿岷江朔流而上经由麻子川抵达岷县，距离大约 200 千米，中路经由腊子口、铁尺梁、多纳抵达岷县，距离大约 90 千米，西路绕行迭部益哇乡、扎尕那、尼巴乡、刀告乡再沿洮河顺流而下到达岷县，距离大约 340 千米。中路虽然距离短，但自腊子口直至铁尺梁全部是崎岖险峻的峡谷道路，极易被敌阻击分割。

假设姜维就在迭部洛大驻军屯田，263 年曹魏即将伐蜀的紧急军情姜维早就掌握，为何在邓艾发起沓中之战前姜维没有及时撤离地形于己十分不利的白龙江峡谷退往汉中或阴平桥头？反而被动等待邓艾所部的包围攻击，这无论如何也于情理不通。

其二，截至 2005 年统计，迭部洛大乡人口仅有 5000 余人，可耕种土地仅有 5000 余亩，即使以现有农业技术和全部可耕土地用来屯田也根本无法满足数万大军所需之给养。

总体来说，洛大地理位置和自然环境既不利于向洮、岷地区发动进攻，也不利于大军防守与撤退，其严酷的自然条件决定了该地也绝非可供大军屯田之地，因此沓中在迭部洛大之说无法成立。

2. 舟曲大峪、武坪说

沓中在舟曲大峪、武坪之说主要流传于舟曲民间传说，鲜见于史籍记载，舟曲大峪、武坪地理位置及自然环境与迭部洛大基本相同，基于已述理由，此说也不能成立。

3. 迭部以西说

此说源自《资治通鉴》胡三省注曰："沓中在诸羌中，即沙、强之地……沓中之地在羌中明矣。"郑炳林在其《西秦赤水、强川、甘松地望考》中也认同了胡三省的注解，按此说法沓中当在迭部以西碌曲县尕海乡、郎木寺一带，《河山集》作者史念海的观点更加令人错愕，他认为沓中应位于四川松潘东北，迭部东南甘川交界区域。

持此观点者不知有何考证依据，在此阴寒高原之地暂且不论屯田种粮收益如何，由蜀中至此近 1000 余里，蜀汉将士能否适应水土、气候恐怕都是问题，并且远离蜀中后方，远离成都东线（司马昭伐蜀分东西二条线路同时进兵。东线钟会率 12 万大军取汉中，攻剑阁），远离北伐主要战区，远离西安、建威、武卫、石门、武城、建昌、临远七围及其他固定军事围守，在此驻军在军事上有何意义？不用过多复杂的思考，仅用正常思维就能够得出此说不能成立的结论。

4.临洮以南、岷县以北说

"炽磐攻漒川，师次沓中，沮渠蒙逊率众攻石泉以救之"（《晋书·乞伏炽磐载记》），最晚至民国时期，由岷县北上临洮、兰州或由兰州、临洮南下岷县主要沿洮河行进，西秦都苑川（今甘肃榆中），因此有人理解为乞伏炽磐（？—428 年，五胡十六国西秦国君）率军由北向南经今日岷县进攻漒川（具体地理范围后文有专题论述），途经沓中，那么沓中自然应在临洮以南、岷县以北地区，这种说法也无法成立，理由如下：

其一，暂且不论今日临洮以南、岷县以北的洮河河谷地区是否有足够的土地可供耕种，其地深入魏境太远，远离汉中与蜀中，与其相邻的狄道（今甘肃临洮）、洮阳（今甘肃临潭东）、临洮（今甘肃岷县梅川镇）均为曹魏政权必守之地，曹魏统帅司马昭、征西将军邓艾怎么可能容忍姜维在此长期屯田。

其二，255 年以后姜维主要对手是曹魏征西将军邓艾，以邓艾统兵之勇略，姜维与之交战数次从未获胜且于段谷惨败一次，故在邓艾军前长期屯田纯粹是不负责任的弄险，极易被邓艾切断归途或击溃，绝非安全屯垦之地。

其三，此地远离羌、胡聚居区域，姜维对羌、胡诸部的影响力难以发挥，羌、胡诸部也无法及时对姜维所部提供支援。

其四，如果姜维在此驻军屯垦，263年邓艾发起沓中之战时，杨欣军又是如何跳过姜维所部前往甘松？杨欣军即使跳过了姜维驻地去甘松又有何意义？沓中在临洮以南、岷县以北地区显然与263年战局发展过程不符。

其五，漒川在今迭部以西，乞伏炽磐进攻漒川未必就必须经过今日岷县。

5.临潭西南说

此说源自"距旧城十里在今古宽占之西北相传即古沓中戍"（《洮州厅志》）及"沓中戍在卫西南。姜维与邓艾战于侯和，败绩，退往沓中"（《读史方舆纪要》卷六十｜陕西九）这两条史籍记载。

《洮州厅志》倒也直接表明是传说中的古沓中戍，传说未必不是史实，但也未必就是史实，对此无法考其真伪。

《读史方舆纪要》无疑是一部伟大的地理著作，只因全凭顾祖禹一人之力著成，疏漏错误之处在所难免，但瑕不掩瑜，些许错误无法遮掩这部巨著的熠熠光辉。《读史方舆纪要》（卷六十｜陕西九）中关于白水江有这样的记述：

"白水江在卫南百五十里，自洮州流入境，又东北流入西和县境。"

岷州卫（今甘肃岷县）以南150里对应的应该是白龙江，上文却说白水江（流经今四川九寨沟县、甘肃文县），自洮州（今甘肃临潭、卓尼）流入岷州卫的只有洮河，西和县境内的较大河流是西汉水，西汉水也不是由岷州卫流入，两者根本不是一个水系。

很明显先贤顾祖禹把白水江、白龙江、洮河、西汉水全部弄混了，由此可以推测顾祖禹对于陇南山地以及洮、岷地区的山川河流地理并不十分熟悉，《读史方舆纪要》中关于沓中戍的地理位置记述是作者直接引用胡三省注《资治通鉴》时对沓中错误注解导致的结果。

况且此地地域狭小，气候寒冷不利于农事，紧邻曹魏洮阳城却远离汉中和蜀中，于军事而言也似极为不妥，即使姜维率军到此也只能与曹魏相互攻伐激战，无法长期立足驻军，更无法屯田种粮，故沓中在临潭西南说亦无法成立。

既然，上述五处"沓中"都不可靠，那么，沓中究竟在哪儿？马昱东提出了一个观点，指认了一个地方，当然，马昱东提出的这个观点，指认的这个地方，历史上也有人提出过，不过马昱东陈述得更具体。

马昱东在《三国沓中之战及姜维退军路线辨析》一文中有如下陈述：

认真研究现存史籍、文献资料，去伪存真，剔除历代史料流传之讹误，并通过大量实地考察、分析和逻辑辩证，对于上述问题，本文观点如下：

第一，三国"沓中"就是指今日甘肃省陇南市宕昌县两河口以北，宕昌、岷县交界的麻子川岭分水岭（三国牛头山）以南岷江流域地区，其地理参照物就是宕昌岷江（古羌水上游）。三国"沓中"核心区域是以今日宕昌南河乡为中心，宕昌岷江中、上游地区，即宕昌城关镇至哈达铺镇之间宕昌岷江河谷中部靠北地带。

第二，三国"沓中"广义地理范围包括今日宕昌阿坞乡、庞家乡、八力乡、哈达铺镇、理川镇、木耳乡、南河乡、何家堡乡、贾河乡、将台乡、车拉乡、宕昌城关镇、新城子藏族乡、临江铺乡、甘江头乡、官亭镇、两河口乡，随着时代变迁"沓中"广义地理概念范围可能有所扩展，逐步向今日甘肃舟曲东部和岷县南部地区延伸扩展。

第三，三国"沓中"就是"宕中"，一种可能是今日宕昌岷江流域远古地名为"宕"，后世逐渐演化为"宕中""宕昌"，著史之人因音误将"宕中"误记为"沓中"；另一种可能是今日宕昌岷江流域远古地名本为"沓中"，后世羌族梁氏在今日宕昌立国，史称"宕昌国"，建国（宕昌国）之前将远古地名"沓中"改为"宕昌"。

不得不说，马昱东对沓中是如今的宕昌这一指认，有着极大的勇气。历史上确实有沓中即宕昌的说法。宋末元初史学家胡三省编撰的《资治通鉴注》中载："沓中在诸羌中，乃沙强之地。"那么，"沙强"又在哪里呢？清乾隆年间的《甘肃通志》中做了一个说明："沙强即强川"，位于洮州卫的西南，而此地就是如今的甘肃省陇南市宕昌县。

这一观点，我相信马昱东是看过的。

马昱东为了增强自己"沓中即宕昌"这一理念的说服力，又具陈了看上去强有力的依据。请看：

宕昌岷江流域地区作为三国沓中故地的主要依据：

第一，土地条件

宕昌岷江流域地形相对开阔，农耕时期地理条件远远优于两河口以西白龙江峡谷地区，可耕种土地面积应比后者多5~6倍以上，尤其宕昌城关镇以上区域山势地形相对平缓，南河乡、哈达铺镇、理川镇、八力乡、木耳乡川坝土地较多，有利于农业耕作，基本具备姜维军团在此屯田所需的土地条件。

第二，区域气候

宕昌岷江流域气候条件优于岷县、临潭地区，岷县、临潭地区气候阴寒，农作物生长所需时间相对较长，而宕昌岷江流域气候温暖宜人，雨量充沛，无霜期较长，适宜小麦、青稞、大麦、燕麦、大豆、蚕豆、马铃薯等农作物生产，且宕昌城关镇以南川坝地带每年可有两季收获，屯田收益相对较高，虽无法全部考证三国时期主要农作物的种类、名称，但大面积种植小麦是确凿无疑的。

第三，人口分布

宕昌岷江就是古羌水上游，其流域是羌族主要发源地之一，也是三国时期羌族、氐族人口较多的聚居区。姜维在此区域内驻军屯田具备良好的群众基础，可以获得羌族、氐族人民对其北伐战争的支持。宕昌区域性宗教中将姜维供奉为赤砂龙王也从另一个侧面印证了三国沓中就在宕昌岷江流域，如果姜维仅仅是率军偶尔经过岷江流域，就不可能给该区域生活的人民留下如此深刻且至今未能磨灭的历史记忆，姜维能够成为该地区之一方神灵，必然是在此驻军屯田长期影响的结果。

第四，战略资源

宕昌岷江流域特别是理川镇、八力乡、庞家乡、木耳乡等地自古以来盛产良马，其历史可以追溯至先秦时期，后世宋、金战争年代，宕昌榷场马匹交易量长期稳居全国第一，是南宋军队战马主要来源地，如此重要的战略资源姜维军团怎么可能轻易放弃控制？

第五，战略通道

宕昌岷江流域自古以来扼守由甘入川的交通要道——阴平道，时至今日也是如此。古代由陇入蜀只有三条路线，东线由河池（今甘肃徽县）—沮县（今陕西略阳）—阳安关（今陕西宁强县阳平关）入蜀，中线由今日宕昌—武都—文县入蜀（阴平道），西线由今日临夏—碌曲—若尔盖—松潘入蜀。对于姜维军团来说宕昌岷江流域是其返回蜀中最为便捷的通道，也是获得蜀中后方支援、补给与接应的最为重要的通道。战争年代，如果放弃对该条战略通道的控制就意味着既放弃了全军安全撤离的归途，也打开了敌军由陇入蜀的重要门户。

第六，区位优势

宕昌岷江流域与相邻地区相比，交通区位优势也十分明显，对于姜维军团而言，自宕昌岷江流域不同地点出发可分别有多个方向选择：

其一，自今日宕昌阿坞乡出发向北数十里可突袭曹魏洮阳（今临潭东）、临洮（今岷县梅川镇），再向北可达狄道（今临洮）；经洮阳（今临潭东）再向西可达曹魏凉州腹地（今甘肃武威、青海西宁地区）；经临洮（今岷县梅川镇）再向东北可达曹魏陇西郡襄武（今陇西南）及南安郡獂道（今陇西东南）地区。

其二，自今日宕昌阿坞乡、哈达铺镇、脚力铺出发向东经今宕昌理川镇、八力乡可达曹魏雍州陇西郡、南安郡以南的乌翅地区（今岷县申都、蒲麻、同井交界区域，又名为翅或翅上），再向东可达石营（今岷县锁龙、马坞地区）及祁山附近地区；经乌翅向东转南可达建威（今西和）、武街（今成县西）、沮县（今略阳）、阳安关（今陕西宁强县阳平关）后可入川或进入汉中盆地。

其三，自今日宕昌城关镇、新城子乡、临江乡出发翻越毛羽山向东，经今南阳亦可达祁山地区或建威（今西和）、武街（今成县西）。

其四，自今日宕昌两河口乡出发向南可经今舟曲石门（今舟曲大川镇石门沟村石门峪口）、峡子梁、武坪、插岗乡进入博峪河谷，再向东南经九寨沟县永和、文县中寨、石鸡坝抵达文县县城，也可经身曲武坪经大海沟向南绕行至今四川九寨沟县黑河乡，进入白水江流域。

其五，自今日宕昌两河口乡出发向东经今武都再转东南可沿阴平道抵达文县入川，也可经今日武都城关溯北峪河而上经安化转东北抵达建威（今西和）、武街（今成县西）。

其六，自今日宕昌南河乡出发向西经腊子口或沿黄家路抵达羌族另一个聚居区今日宕昌两河口以西白龙江上游地区。

其七，自今日宕昌两河口出发向西也可抵达今日甘肃舟曲、迭部及四川松潘地区。

如此一个交通四通八达，可攻、可守、可退之地理应是姜维军团长期驻军屯田的首选区域。

马昱东的考据文章，看上去似乎无懈可击，但是，我觉得还是有强词夺理之嫌。我问马昱东："如果沓中就是宕昌的南河、哈达铺一线，那么，除了阴平道之外，我认为还应该有一条让姜维迅速回四川的路，万一阴平道出现不能通行的状况，可以走另一条路，这条路在哪儿？"马昱东说："有啊。牛尾古道。明天咱俩走一趟。"我说："好。"

2021 年 6 月 10 日一早，我和马昱东从宕昌县城出发，先到了麻子川岭，这是三国时魏国与蜀国的分界，是如今岷县与宕昌的分界或者是陇南市与定西市的分界，也是长江流域与黄河流域的分水岭。

按照马昱东对沓中是宕昌的推断，那么，当年邓艾从定西发兵进攻姜维，麻子川岭就是一条重要的通道，"艾遣天水太守王颀等直攻维营，陇西太守牵弘等邀其前，金城太守杨欣等诣甘松"（《三国志·邓艾传》），当时牵弘极有可能是通过这里去堵住姜维东归的路线，完成邓艾布置的缠住姜维、阻止姜维回四川的任务。但是，姜维不可能不在麻子川岭设重兵布防，为什么没有麻子川岭关口战役的记载？又是史家之漏？

我们从麻子川岭下来，就拐进了宕昌县的理川镇继而来到木耳乡等地。沿路看到的都是"中药之乡""国药基地"的广告牌。当然，漫山遍野种植的也都是各种中药材。

我们在木耳乡的一个山梁上停下来，向四周望去，高高矮矮、赤橙黄绿青蓝紫的中药材随风摇动，带着药味的风，弥漫在我们四周，深吸几口，觉得身体也健康了许多。

马昱东说："当年这里都是耕地，现在种植的都是中药材。"我明白他说的"当年"，是指姜维屯田时期，他在极力地说服我"沓中即宕昌"。

中午我们回到宕昌县城，匆匆地吃了一碗面条，他就把我拉进官鹅沟。官鹅沟我去过三次，其风景只能用美不胜收四字概括。2017年，我曾率一队诗人来官鹅沟采风，诗人大解看完官鹅沟后，感慨地说："这里美得让人心疼！"

马昱东说："青年诗人嘉阳拉姆的母亲是当地著名的制衣大

师，要送您一件具有羌族风格的上衣做纪念。"我说："不需要量我身体的尺寸吗？"马昱东说："昨天嘉阳拉姆看您一眼，就知道您的衣服尺寸了。今天她妈妈已经把衣服给您做好了。"我半信半疑。我们到官鹅沟里的一处民房前停下，他走了进去，转瞬就拿着衣服出来了。马昱东说："试试合身不？"我穿在身上，大为惊叹：真是量身定制。衣服是汉服制式，立领、对襟、白色、印有羌族风格的花式图案。我心里说："这是珍藏品，不是用来招摇过市的。"

小车驶出官鹅沟时，我又看了几眼雷古山，山上一片葱郁。我曾两次看到雷古山上的积雪，这次因为是夏天，雪尽去草盛茂。那年我看到雷古山顶的雪，还酸吧拉几地哼了一下明朝初年诗人高迪的两句诗："雪满山中高士卧，月明林下美人来。"因此我还追问过自己："雪和美人，是用来消遣的，还是用来追求的？"

无暇多神游，我们的车已经奔向"牛尾古道"。

宕昌的"牛尾古道"路口，距县城大约 30 千米，我心生疑惑：按马昱东所说，沓中以宕昌南河地区为中心的话，路口距姜维的军营太远了点儿吧。

牛尾古道是在山谷和山腰间盘桓的路，偶尔也要翻山过岭。我们在一座山山顶停了下来。这里有一条岔路口，一宽一窄，很明显是主路和支线。这座山的名字叫"毛羽山"，我和那块刻着"毛羽山"的大石碑合了影。这么大的山，取名叫"毛羽"，大有"古今多少事，都付笑谈中"的意味。我看着马昱东为我拍的照片，笑着说："大山上，石碑旁，我如毛羽啊！"

我们来到"牛尾关"，这是宕昌县和礼县的分界处，也是历史上的重要关口。一条河已接近干涸，但是河谷在两山之间依然显得幽深。河面上有座桥，是现代人修建的钢筋水泥建筑。我站在桥面上四处看了看，觉得这里真是个险要的关口，所谓"一夫当关，万夫莫开"，无非如此。

这条路是通向礼县、西和县、康县、成县、徽县直达汉中、入川的路，我们走了一半就拐向武都方向了。因为我在写《蜀道青泥》时，对成县、徽县的"陇蜀道"比较熟悉。

我们用了6个多小时，从宕昌走到了武都。我估算了一下，如果三国时姜维的军队从宕昌走到汉中，需要25天甚至一个月。我断定，这不是姜维回川的迅捷之路，也不是姜维的备选之路。难道当时有这样一条路，史册也会遗漏？

我在陇南的一个微信公众号上，看到一篇关于记述"牛尾古道"的文章，文章的核心是表达"牛尾古道"是"茶马古道"的重要线路，但是，我们也能从中看出"牛尾古道"是否是姜维军团从沓中回川的备用道路。

全文如下：

茶马古道——牛尾关

王永红

牛尾关位于礼县沙金乡牛尾村，地处西汉水下游支流清水江源头之一的沙金河与申家河交汇处，东邻西和，西接宕昌，南连武都，北近岷县，是通往古临洮、羌中及陇蜀的古道要冲。而与其相依存的"牛尾古道"，可追溯到羌人政权"宕昌国"和氐人政权"仇池国"时期，到宋金对峙时期因为"茶马互市"而兴盛，最终成为陇南茶马古道的重要支线。

为什么一条百年古道会有"牛尾"这个奇怪的名字？据当地群众讲，牛尾古道地处群山之间，是一个天然的关口，古时都叫"牛仪关"，因当时一个名叫牛仪的守关而得名，在方言中，"尾"的读音和"仪"相同，加之关前古道的样貌形似牛尾，时间长了，以讹传讹，关便成了牛尾关，而路也被称为牛尾道。

牛尾村四面环山，沙金河与申家河在这里交汇，然后从山间流出，形成一个不大的河谷地带。河流将谷地一分为二，一边是陡峭的山崖，一边村庄依河而建，小而精致。

虽然"牛尾古道"早已被覆压在省道208线礼武段及乡村公路之下。但它还是留下了少量的遗存。我们先去往一处名叫楜梯崖的山崖。从村路上折身上山，然后在藤蔓滋生的山坡上寻找，去看残存的一小段牛尾古道。上至山坡，一块高约半米的石碑在草丛中若隐若现，走近了细看，碑上的文字有些已漫漶不清，很难辨认，好在有专业人士作陪。学者杨鑫曾写过一篇文章，详细论及这块名为《牛尾关楜梯崖路碑》的由来，它立于清康熙五十五年（1716年），距今已有293年的历史。这块碑碑额正面是浮雕二龙戏珠，并横书"临西汉"四个大字，"临"

和"西汉"中间又竖书"万岁";碑身边沿缀以卷草云饰。

这块石碑的背后还有一个小故事。"牛尾古道"的建成,既方便了茶马交易,也方便了当地老百姓的往来通行。但至清初,因年久失修,"牛尾古道"钟汤坝(今钟滩坝)至栈梯崖段的道路坍塌,交通受阻,给人们的生活和经商通行带来了极大不便。为此,当地的马帮富户张赟、贾氏夫妇独家捐资,发动众乡民,从清康熙四十九年开始,用了六年的时间重修了这段古道。古道维修完工后,张赟便请人撰文并刻了两块碑碣,用以记录叙述栈梯崖路乃"岷通蜀川""泾商通行"的要道,张赟、贾氏夫妇捐资,杨可德、杜国清等众乡民出力重修古道的义举。同时,将这两块石碑分别置于沿河两个地方(习称上、下石碑)。眼前的这座石碑正是当年的上石碑。

按甘肃著名学者祝中熹先生的说法,在汉中与关中之间,自古就有一条绕过秦岭山脉的"陇道":从汉中出发,先沿着汧水河谷西行,翻越陇山,再经过现在的马鹿、恭门、张家川,至古略阳(今清水县),再经清水河至天水,然后向西南进入礼县铁堂峡,再沿西汉水至盐官、祁山,南入建安河谷(即今之西和河的大弯峡),然后折而东行,逆南坑水(今西和县东河)而上,经十里,又分为两路:一路越过横岭山,进入青羊峡,沿石峡河南下(今西和石峡镇坦途关双石寺有唐开元二年修建栈道的摩崖石刻一处)进入现在成县的小川,进入康县望子关;或者经过何坝、洛峪,进入大桥,沿着西汉水(今西和县大桥乡鱼洞村西汉水崖壁上有规模较大的古栈道孔群），进入昌河坝，再折而东行，进入康县的窑坪、汉中市的阳平关，就与西南茶马古道连通为一体了。这条道路似乎迂远，但相对平坦。陇坂虽然高峻，车马尚可通行。一旦渡过渭河而进入西汉水流域，则抵达汉中就十分畅顺。战国以前，西北地区与四川的联系，在很大程度上是通过这条"陇道"实现的。

"牛尾古道"则可追溯到羌人政权"宕昌国"和氐人政权"仇池国"时期。"古道"的南北线和东西线可能既是两国的边界线，又是主要交通要道。当时这条"古道"的重要性对于"宕昌"和"仇池"两国来说是可想而知的。"牛尾古道"到宋金对峙时期其重要作用一下子凸显了出来。

当时地处甘青川草原交界的宕昌，是全国最大的茶马互市市场。宕昌羌马在当时的政治、军事中占有很重要的地位。宕昌马市的兴衰与马匹交易的数量与质量对南宋军队的战斗力和战争胜负有着举足轻重的作用。为此，朝廷曾委派名臣张舜民在宕昌钦化禅院兼管茶马交易，绍兴三年（1133年），益置互市于宕昌，故多得奇骏。陇南抗金名将吴璘曾感叹说："马者，兵之用也。吾宁罢去，不忍一日误国军马。"而羌马以最快的速度、最短的时间从宕昌赶到西和州，"牛尾古道"便是直线距离最短、最便捷的一条道路。

礼县的古道约十余条，但对礼县经济有着重要影响的茶马古道却一共有三条。

（一）南北走向的陇蜀大道（天水—四川）

起点是秦州（天水），经牡丹—罗家堡—盐官—长道—石堡—汉源—西河—白马关—大南峪—两河口—横现河—略阳，到达汉中。在汉中经巴山栈道进入四川，也可以经武都进入文县再经阴平古道进入四川，这条路线通过礼县两镇一乡。

（二）东南走向的卤洮古道（何宝与牡丹的爱情故事）

卤洮古道为东西走向，东面是卤城（盐官），西面是洮州（藏区），因藏区出产的骡马、毛皮、药材，和内地出产的茶叶、布匹、盐及日用器皿有相互交换的需求，而形成了茶马互市，为了更好地进行贸易交流，马帮们历经艰险开辟了卤洮古道。

卤洮古道是一条政治道、军事道、文化道、民生道，在经济上是黄金道，对于赶马人是生死道。它要经过两州四县（洮州、西和州、长道县、大潭县、宕昌县、岷县），一十八个驿站。有三个全国有名的交易市场（洮州、宕昌、盐官）。据《宋史·食货记》载："北宋以来，宕昌马市所卖马匹占全国总数的三分之一到四分之一，所买马匹由宕昌经良恭（今南阳）驿、牛脊驿到大潭县，从龙林过西汉水到西和州，经成州（成县）、河池（徽县）、越铁山至兴州（略阳）入兴元（今汉中）。"所经过的高山峡谷，层峦叠嶂，壁峭岩险，丛林茂密，灌木丛生，水流湍急，险象环生。马帮的修路人凿岩打孔，伐木锯板，修筑栈道，排险通行。

卤洮古道的起点位于卤城（盐官），它的具体路线为：盐官—永兴—石堡—汉源—西和—何坝—河口—铁鼓坪—龙林—大潭县（太塘）—牛仪关（牛脊驿）—沙金乡—苟家院—好梯—南阳—宕昌县—岷县—甘南藏族自治州临潭县新城（古洮州）。横跨礼县三镇三乡。

（三）米兰大道（米仓山—兰州）南北走向，纵跨礼县四镇三乡

起点位于兰州，经礼县境内界牌山—崖城—罗坝—县城—石桥—江口—龙林—肖良乡桃林村—西礼大桥—武都米仓山，进入四川。兰州盛产瓜果、烟叶、水烟，而四川盛产茶叶。

陇蜀古道、卤洮古道与米兰大道之所以能够成为茶马古道的重要通道，其主要原因还是在于，甘南、岷县、宕昌、盐官盛产马匹，而成都平原与川西高原盛产茶叶，从而形成了茶马互市。最早的交易是以物易物，也由此证明这三条古道就是茶马古道。

北宋以来，宕昌马市所买马匹占全国总数的三分之一到四分之一。所买战马由宕昌经良恭（今南阳）驿、牛脊（今礼县沙金乡牛尾关）驿到大潭县（今礼县的太塘）城、再由大潭到龙林过西汉水到西和州，由西和经成州、河池（今徽县）越铁山至兴州（今略阳），入兴元（今汉中），转拨内地。到了南宋宋高宗南渡后，在包括现在陇南市的西和、武都、康县、文县在内的川陕边境开设了八个茶马场进行茶马交易。绍兴年间，宋金议和，南宋又在沿边的西和州威远（今西和县城附近）、旧州（今宕昌理川）、岷州胜间（今岷县闾井）等地设置博买铺，与金人控制的秦陇地区通商贸易，主要是购买战马。

于是具有互补性的"茶马互市"兴盛起来。而在牛尾关西面的宕昌、舟曲一带是羌藏民族的集聚区域。他们在长期的生活中，养成了喝酥油茶的生活习惯，而且对茶叶需求的迫切性，远远超过了其对绢帛的需求，但那里不产茶。而在内地，民间役使和军队征战都需要大量的骡马，又供不应求，藏区却产良马。于是藏区出产的骡马、毛皮、药材等和内地出产的茶叶、布匹、盐及日用器皿等，在内地与藏区的高山深谷间南来北往，流动不息，最终形成了陇南茶马古道的重要支线牛尾古道。

通过阅读此文，我认为三国时，这条"牛尾古道"可能没有全线贯通，或者没有通达到宕昌境内，或者在"沓中"的周边应该没有这条路。否则，姜维何必要用一万将士的牺牲来强行突破两河口？何必要明知诸葛绪堵在阴平桥头也要冒死走过去？

"牛尾古道"就是唐代以后贯通的贸易之道——茶马古道。

那么，沓中究竟在哪儿？好在，我不是历史学家，更不是军事专家，我的猜测、判断完全可以不负责任。我认为沓中是舟曲大峪、武坪、迭部洛大和宕昌南河与哈达铺一线，沓中是个大地区，是姜维既能屯田又进可攻退可守的军事经略区。姜维的五万兵马，非一个小地方可以容纳，分兵屯垦，分兵把守关隘，相隔均在一天马行的路程。这个大沓中地区，守住了阴平古道的入口，把腊子沟（口）揽在怀里，守住了蜀国西北的边境，直接对峙邓艾镇守的定西地区。

还有一点，我认为同样重要，那就是姜维的战略思想是东守西攻。即东线剑门关稳住防守，西线不断攻伐，让曹魏集团（其实那时已经是司马氏集团）的兵力部署倾向于定西一带的防守，无暇去进攻汉中和剑门关。所以，当时蜀国一半的兵力，也是最有战斗力的部队都在沓中，那么，沓中一定是和定西接壤的地方，舟曲的大峪、武坪、迭部的洛大、宕昌地区是可以满足这个条件的。一旦双方接战或姜维主动出击，这个地区则是进可攻退可守。所以，沓中是个地区，不是一个具体的地名。

关于沓中屯田的意义，好像不必多说，但有一个具体的史实值得在这里叙述一下：

诸葛亮北伐五次至少有两次因粮尽退兵，军队给养主要依靠汉中、蜀中长途运输，消耗极大且无法保证供应。姜维十一次北伐中，只有253年的北伐有明确史籍记载是因粮尽退兵，其余十次均未有缺粮的记载。由此，我们大致可以判断，姜维后期北伐，因连年征战曹魏西部地区，大军不可能每次都全部撤回汉中或蜀中休整，部队给养、粮草基本都由沓中屯田所产粮食等解决了。所以，沓中一定是与定西接壤的地方。

定西的军事统帅是魏国的安西将军邓艾，邓艾也是姜维一生的疼痛。邓艾与姜维是三国后期的一对冤家，像三国中期的诸葛亮与司马懿，相杀相惜，并且相互依存。是真正的"棋逢对手、将遇良才"。说诸葛亮与司马懿是相杀相惜,《三国演义》中的"空城计"最有说服力。司马懿明知道诸葛亮摆的是空城计,却绝不让士兵冲进城活捉或杀死诸葛亮。诸葛亮死了,他司马懿还有在魏国存在的必要吗?司马懿懂得"狡兔死走狗烹"的道理。

姜维十一次北伐,与邓艾在沓中之战前交手过五次,两次平手,姜维两次小败、一次大败,未获一次胜绩。在战果上,邓艾完全占据上风,但是,邓艾绝对没有就此而轻视姜维,原因在于包括上述五次战事在内的姜维十一次北伐,全是对于魏境的主动进攻,邓艾对于姜维军团的战斗力有着非常清醒的认识,灭蜀之战前曾多次向司马昭表达反对伐蜀意见。当时,面对姜维所部持续不断、近似疯狂的北伐进攻,曹魏曾举国惊恐,在无一人能够斩杀姜维于阵前的情况下,魏国竟有人自告奋勇地向司马昭请求入蜀刺杀姜维,虽然暗杀计划没能实施,也足见姜维战力之强悍、震慑力之强大。

姜维的心里对邓艾有着绝对的不服气,一直想找机会打败邓艾一次。而现实是,姜维还没在沓中完成养精蓄锐,司马昭就决定发起灭蜀之战,举倾国之兵分三路伐蜀,邓艾受诏指挥西路军攻击沓中,既要缠住姜维,又希望能致姜维于死地。此时的姜维,不是不可直面邓艾,而是牵挂着汉中、剑阁、成都。所以,姜维与邓艾不对峙、不恋战,急匆匆夺路回四川。

从后来的结果看,蜀国是邓艾灭的,姜维也是邓艾灭的。

蜀国之灭亡，表面上看是三国末期蜀汉政权人才凋敝，军事将领除姜维以外，缺乏可独当一面的大将之材，整体上，军事将领的领导和指挥能力远逊于曹魏集团，"蜀中无大将，廖化作先锋"绝不是戏谑与耻笑，而是客观的写照。所以，司马昭让邓艾和诸葛绪只要钳制或歼灭姜维军团使其不能东顾，蜀汉防线即刻便会形成千疮百孔的局面。而实际上，蜀国的灭亡是政治上的全面凋敝，不是没有人才可用，是有真本事的人才不愿意为蜀国出力。邓艾几千人马入川一路过关斩将，直逼成都城下，就是最好的证明。只是苦了姜维！他拒绝了钟会的诱降，在与钟会对峙剑阁的时候，蜀主刘禅已经在成都投降了。

杜甫的一句写给诸葛亮的诗"出师未捷身先死，长使英雄泪满襟"，用在姜维身上也很贴切。

既然沓中之名是因姜维而传于后世，那就多说几句姜维吧。

姜维作为降将，深受诸葛亮的喜爱，诸葛亮有言："将平生之所学传与伯约。"姜维也不负诸葛亮的寄托。姜维在蜀汉35年，兢兢业业，诚诚恳恳，尤其是三国后期，蜀国唯有姜维一人秉承"匡扶中原，恢复汉室"的理想。于是他千里征战于蜀地、汉中、关中、天水、陇西、陇南、甘南、洮岷诸地，长达数十年之久，百折不挠，坚忍不拔，唯仁唯忠，可谓其时之蜀国唯姜维一人矣！

纵观姜维一生，暂且不论其北伐战略的成败对错，仅从其35年间持续征战并屡屡给予曹魏集团以重创视之，对于今日甘肃陇南、定西、甘南等地的区域历史而言，实在是无出姜维之右者！即使称其为战神也绝非虚妄之言，后世历代曾在此区域用兵的哥舒翰（唐代）、李晟（唐代）、王韶（北宋）、吴玠（南宋）、吴璘（南宋）、马烨（明代）等将领无论用兵时长还是战区广度都是无法与姜维比拟的。

关于邓艾偷袭"阴平邪径"，有人曾指责姜维为什么不设防？其实，姜维并非不知有阴平小道的存在，对于一个在此区域用兵35年之久的统兵大将来说，熟知战区地理是头等重要的事，而未对阴平小道设防原因有三：其一，阴平小道是樵猎之路，的确极难行军；其二，蜀汉兵力不足，无法处处设防；其三，阴平小道之后还有江油关防线，江油关之后还有数百里涪江河谷，出涪江河谷之后还有涪城及绵竹关。因此，对于这个方向的防御姜维还是较有把握的。

基于以上理由，在姜维看来，调整后的蜀汉整体防御体系既有战略支撑也有战略纵深，还有战略机动力量，总体来说没有十分明显的疏漏。至于后来邓艾偷度阴平小道，直抵成都导致蜀国灭亡，一方面，邓艾的确不愧为一代名将，既有丰富的战争想象力，也有临战指挥的铁血手段，还有极好的运气；另一方面，蜀汉马邈献江油关投降、诸葛瞻未能及时在涪江河谷险要之处布设防线封堵，才使得邓艾区区数千部队直抵成都平原。假设马邈、诸葛瞻在邓艾到达涪城前都能够有所作为，即使不能歼灭邓艾所部，只要迟滞邓艾长驱直入的行动，在剑阁未失情况下，姜维分兵击溃或歼灭极度疲惫、丧失后勤补给的邓艾所部的可能性极大，因为这正是姜维军事思想中诱敌深入、防守反击的绝好机会。

然而，历史就是这样的波诡云谲，从来没有机会假设重来。我们相信，姜维从沓中开始历经千辛万苦成功突破数万大军的围追堵截，安全撤回剑阁，再与钟会 12 万大军相拒对抗，他始终没有放弃获取最后胜利的信念，可又有谁能想到一条樵猎通行的阴平小道、一位不战而降的无耻叛将马邈、一位忠诚卫国但没有军事决策指挥能力的最后防线指挥者诸葛瞻、一位昏聩无能懦弱怯战的最高统治者刘禅，共同葬送了他为之付出生命奋斗一生的蜀汉王朝！留给他和历史的只能是无尽的痛惜与哀伤。

可以这样说，在历史的浩瀚账册里，姜维无疑是一位彻底的失败者，是一位胸怀宏大理想最终被熄灭烈火的人。我们无法想象，姜维在自刎前内心的巨大悲凉。然而，他也用其一生的奋斗乃至付出生命来捍卫自己的理想与信念。对此，任何历史时期的任何人，如果心怀忠义就没有理由不对姜维心怀敬意。

马昱东曾撰写一副长联，如此评价姜维："无畏强敌，以一己之力，提数万健卒，平步陇山蜀水，长途奔袭，攻城拔寨，与敌悍将逐一交手，战洮阳、袭狄道、围南安、掠临洮，破军杀将，从容来去，伯约何其壮哉！待敌猛攻关城，战局危如累卵，千里回军，即使国破之时，仍难舍复国之愿，直至一腔热血浸染蜀山蜀水，魂归大汉，伯约何其痛哉！"

　　沓中究竟在今天的哪里？姜维究竟为我们隐藏了多少谜题？

　　想起一句民间老话：看三国落泪，替古人担忧。

　　我在替古人担忧吗？让我好好想想。

第九章 『阴平古道』辨

无论"阴平邪径"的路径考证得是否合理、准确，邓艾"行无人之地七百里"的偷袭战，都是史诗般的壮举。我们可以想象邓艾在出发前，向将士们做战前动员时，是怎样一番激昂、慷慨，并带着悲壮的、发自肺腑的言辞。乱世之中，只有悲歌能够打动人心，振聋发聩；乱世之中，只有悲壮的情怀，才能让人心底发愤，荡气回肠。

人类与生俱来的是七情六欲，而满足七情六欲的手段是争斗，或者争斗的目的就是满足人的七情六欲。于是，战争始终伴随着人类的发展。从原始部落野蛮人石头棍棒的小打小闹，到现代文明的核武器，从部落首领之间的单打独斗到动辄千万军队、多国参与的全球大战，可以说，战争一边在摧残着生命，一边在推动着人类文明的发展。

无论古代、现代还是将来，战争是资源、信念、意志与智谋的对抗。只要人类存在，战争就会永远存在。

战争总要有胜负，参战的任何一方都想赢。赢得战争需要的条件有很多，偶然性也很大，但是，古今中外的军事家们还是总结了一些规律性的经验，写成了许多种兵书。就连我们儒家的圣贤也懂兵书战策（当然，儒家思想本来就是教人怎样入世的）。孟子在其《孟子·公孙丑下》中，对如何获得战争的胜利如是说："天时不如地利，地利不如人和。三里之城，七里之郭，环而攻之而不胜。夫环而攻之，必有得天时者矣，然而不胜者，是天时不如地利也。城非不高也，池非不深也，兵革非不坚利也，米粟非不多也，委而去之，是地利不如人和也。故曰，域民不以封疆之界，固国不以山溪之险，威天下不以兵革之利。得道者多助，失道者寡助。寡助之至，亲戚畔之。多助之至，天下顺之。以天下之所顺，攻亲戚之所畔，故君子有不战，战必胜矣。"

简单地说就是：战争的胜利要讲天时、地利、人和，有利于作战的天气、时令，比不上有利于作战的地理形势，有利于作战的地理形势，比不上作战中的人心所向、内部团结。

占天时得地利有人和之后，仅是有了取胜的硬件，并不是一定会取胜。取胜战争，要有战略战术。指挥作战是个专业的技术工种，所以自古就有那么多"军师"和兵书战策。

什么样的人可称为"军师"或军事家？诸葛亮北伐中原时，曾用一封信气死了曹魏的大将军曹真，信的内容有这么几句："窃谓夫为将者，能去能就，能柔能刚；能进能退，能弱能强。不动如山岳，难测如阴阳；无穷如天地，充实如太仓；浩渺如四海，眩曜如三光。预知天文之旱涝，先识地理之平康；察阵势之期会，揣敌人之短长。"

如诸葛亮说的这样就可以成为军师或军事指挥家。

当然，"气死曹真"是《三国演义》编造的故事，真实的情况是，曹真确实败在诸葛亮的手下，诸葛亮也确实写了这样一封信去羞辱曹真，但是，曹真是回洛阳后病死的。

我国还有一本著名的兵书叫《三十六计》，有人说是孙膑写的，纯粹是胡扯。《三十六计》语源于南北朝，成书于明清。孙膑是战国时期的人，《三十六计》收入了许多三国时的战例。所以说孙膑写《三十六计》是胡扯的假托。唉，当名人不容易啊，好事儿、坏事儿都有人往名人身上贴。

纵观古今中外的战争，影响最大、最快改变战局的战术是"偷袭"。第二次世界大战时，著名的偷袭战是"诺曼底登陆"，改变了整个世界的战争格局。"偷袭珍珠港"在"诺曼底登陆"面前是小巫见大巫。

我国历史上有很多重要的偷袭战战例，与"陇蜀道"有关的也有很多，其中，韩信"明修栈道，暗度陈仓"，推动了汉朝的建立，从此华夏人成为了汉人，及至成为今天的汉族。于是才有了汉字、汉语、汉服，等等。

"暗度陈仓"也是《三十六计》中的一计。

还有一次发生在"陇蜀道"上的偷袭战，就是邓艾走"阴平邪径"直取成都，导致蜀汉灭亡，大大缩短了"三国归晋"的过程。

韩信"暗度陈仓"的路线，我在《蜀道青泥》中曾有陈述，这里就不多说了。还有，韩信"暗度陈仓"的时候，还没发生"武都大地震"，那时古汉水还在，从汉中出发，逆流而上，木舟航行可以抵达陇西。与邓艾相比，韩信的偷袭要容易一些。而邓艾却是要翻山越岭，"行无人之地七百里"荒僻的"阴平邪径"。

东汉时的700里是今天的多少里？今天的1华里相当于东汉时的1.33里。如此折算下来，邓艾走的700里相当于今天的265千米左右。

"阴平邪径"的总里程虽然有了，但是起始点及路线却一直众说不一。

我把手中的资料翻看了几遍，真是公说公理，婆说婆理。

我摘录几位先生撰写的有代表性的考证文章，也请诸位揣摩、分析、判断。

韩定山先生作为文县的先贤，对文县的历史、地理、人文都有一定的话语权。他在《阴平国考·附录》中旁征博引认定了一条"阴平邪径"。首先他认为"景谷决非在文县"，其次，邓艾没有翻越摩天岭。韩定山先生给出的路线和依据是这样的：

当时邓艾过阴平桥头，自白水之景谷入蜀，即今日沿白水江至白水镇，由其西南入谷，经天皇院、沐浴坝等地，走江油、绵竹之路，其地西去阴平百余里。东至剑阁亦百余里，姜维正拒钟会于剑阁，故邓艾得于其间，行无人之地七百里。如以景谷在文县境内，则隋唐之改为无因，而所谓自阴平由景谷道旁入者，成赘文矣。

流俗相传，邓艾所经之地，为今文县东南之摩天岭，按摩天岭即青塘岭，亦称青云岭，此道之开最晚。《方舆胜览》卷七十阴平："宋孝宗时，文州开青云岭以引商贩，冀收其利，周孝嗣奏罢之。"据此，则此道至南宋尤为始开，更无论三国魏晋之间矣。《通鉴注》云："今隆庆府阴平县北六十里有马阁山，峭削峻嶒，极为艰险。邓艾行军至此，路不得通，乃悬车束马，造作栈阁，始通江油，因名马阁。"按隆庆府当今之剑阁，所谓阴平县乃西魏废帝二年，改为龙州之北阴平，非改之文州之阴平也。《寰宇记》云："马阁山在阴平县北六十里。昔魏将邓艾伐蜀，从景谷路经龙州、江油县至此。"据此则景谷决非在今文县境内，吴氏之注，于流俗摩天岭之传说，同其纰缪矣。

老先生考证得认真，语气很坚决。邓艾的"阴平邪径"走的是马阁山，不是摩天岭。

几乎用大半生的时间来研究"阴平古道"的李世仁先生，在其《阴平古道浅探》一文中，把邓艾大军的三路人马入蜀的路线都指出来了，我们看看：

按照古今行军常识，尤其是山路，必分左中右三路。一路：从文县的邓艾城出发，顺白水江过玉垒关，再沿白龙江进入让水河，从白杨岭上摩天岭，翻山到青川县的东阳沟、三锅石，过呆阳关。这条路线已避开了军事要地乔庄和青溪；二路：从文县出发进大丹堡河的刘家坪，入让水河的对树沟，上古青塘关，下九道拐，经南天门、白雄关，沿唐家河南行，过写字崖、落衣沟、阴平山、西南走鱼洞砭、高岩头、魏坝、放马坪、打箭坪、阻魏沟、青道口至平武县南坝镇（江油关），《龙安府志》载，青溪曾有邓艾庙，宋知州洪咨夔毁邓艾像，更祀武侯。说明至少在宋代，人们就已经认定这条路是邓艾走过的；三路：从文县出发至碧口，上悬马关，下磨子坪，出青崖关，过黄土梁，正好距乔庄县20多华里，从黄土梁到婿溪，从婿溪越左担山，作为奇袭路线是合理的。这三路，与邓艾有关的地名至今常用。例如：邓家坝、邓至山、关头、关口、魏至山、滚毡坡、落衣沟、马鞭崖、悬马关、青崖关、三锅石、写字崖、撑锅石、兵书石……而且，前两条路海拔都在2000~2200之间，也合裹毡而下，攀木缘崖，鱼贯而进的描述，沿途栈道比比皆是。最能说明问题的是，民间传说多，家喻户晓。

李世仁先生对"阴平古道"的起始点也作了考证，他认为：

一是武都的外纳，外纳短暂落脚过阴平国，也设过文州；二是文县的桥头坝，按《阶州直隶州续志》和《中国历史地图集》，桥头坝一带曾在北朝魏（497年）左右设过卢北、建昌、文州。史书上说"西魏平蜀，始置文州于卢北郡"；三是如果两汉时文县城西五里的鹄衣坝，是那时的都尉治所，过临江关沿白龙江栈道从老爷庙翻分水岭、桥头坝翻越猫儿山进一批故城甚为便捷；从桥头坝翻越高楼山，沿东维水（马莲河）到今天的东峪口，可西去扶州，南进白马水（白马河）氐人聚居区，北进阴平故城，隔江之南就是氐族渠帅由故城徒居的大城（西元），战略地位十分重要，也是故城顺白水江下行入川的必由之路。

李世仁先生的考证，不能不说是细致、详尽，大有一锤定音的姿态。

再来看看对"陇蜀古道"研究颇深并很有造诣的高天佑先生是怎样考证"阴平古道"的。他的一篇文章题为《陇蜀古道考略》，其中一节是陈述"阴平古道"的，我摘录至此。

据《中国古今地名辞典》，沓中"在青海东南境，甘肃临潭县之西，蜀姜维、西秦乞伏炽磐皆尝驻师于此。胡三省曰，即沙强之地，在诸羌中"。"沓中阴平道"，或云"景谷道"，是以白龙江、白水江为主干的水陆兼行道。远古时期，即为诸羌所用，后因三国时蜀汉姜维屯兵沓中，魏将邓艾伐蜀由之而使此道闻名于世。

"沓中阴平道"之名，首见于《三秦志》，验之史书记载及地理位置，其名颇精当，故本文沿用之。但非为"从成、和、阶、文出者。"（明王士性《广志绎》》），其路线乃为：

临潭—岷县—宕昌—武都—文县—碧口（陆）—青川—平武—江油—成都。或碧口（水）—白水—昭化—成都。

魏元帝景元三年（262年）十月，姜维攻洮阳，邓艾"破维于候和（今临潭境内，唐之洪和城），维退住沓中种麦"。(《三国志·蜀书·姜维传》）景元四年（263年）五月，魏征西将军邓艾、镇西将军钟会、雍州刺史诸葛绪、益城刺史师纂五路伐蜀。魏军追姜维至孤川口（今迭部境内）大战，维败走阴平。又与廖化还至剑阁，拒钟会。二月，邓艾沿白龙江自阴平景谷道（今文县白水江峡谷）入蜀，行无人之地千里，攀木缘崖，进占江油，蜀江油守将马邈等降。艾进至成都，蜀后主刘禅降。(《三国志·魏书·邓艾传》）

关于邓艾伐蜀之道，《三国志》云："自阴平由景谷道旁入。"《华阳国志》云："自景谷有步道，经江油左担出涪。"二者记载一致，其具体路线以刘琳说法为确："此路是由甘肃文县沿白水江、白龙江而东至碧口，由此折而南行，溯碧口山河河谷，经青岩关，越摩天岭，至今青川县"，"盖邓艾为避开蜀汉白水关（今白水镇）守军，故不经景谷正道"。这一路线，直至1949年前仍为民间下四川走成都、重庆的山路捷径，具体是从碧口镇东南入碧峰沟而登摩天岭。

后唐庄宗同兴三年（925年）九月，庄宗李存勖，发兵六万伐蜀。十月，前蜀主王衍引兵数万自成都至汉川。后唐兵来攻，武兴节度使王承捷以凤、兴、文、成四州印节迎降。成州刺史王承朴弃城走，阶州刺史王承岳亦降。蜀天雄军节度使王承休帅一万二千人，略羌人，买路由文州归蜀。(《资治通鉴·后唐记二》）

北宋建中靖国元年（1101年），蒲卣为文州通判，朝廷有人提议从文州到陕西汉中修一条路。卣上疏："洮、岷、积石至文甚远，自文出江油，邓艾取蜀故道也。异时鬼章欲从此入蜀，为其阻隘而止。夏人志此久矣，可为之通道乎？"（《宋史·蒲卣传》）因而否决了这一提议。蒲卣的上疏，其实勾画出了此道的大概。

明洪武四年（1371年）正月，以中山候汤和为征西将军，率舟师由瞿塘，颖川候傅友德为征虏将军，率步骑由秦、陇伐蜀。四月，（友德）抵阶州，败蜀将丁世贞，克阶州城，蜀军断白龙江桥。友德修桥以渡，破五皇关，遂拔文州。又渡白水江，进军绵州。（《明史·傅友德传》）绵州在江油之南，其入蜀当亦从此道。

清嘉庆六年（1801年）十一月，起义军首领苟文明合各路起义军余部至阶州，当地民众参加起义军，队伍壮大后离阶州回广元一带。（《清史稿·额勒登保传》）起义军们走的是景谷正道，亦即"沓中阴平道"之正道。

分析以上史料，再对照现今地图，我们可以看出，"沓中阴平道"是将洮河、白龙江、白水江流域串接起来的一条锁链，是从甘南州腹地经陇南地区（今陇南市）出走秦巴山地，东至陕西汉中，南达川北（青川、广元、平武、江油）乃至成都的战略要道。自远古时代氐羌民族经由此南迁以来，数千年间绵延不断。至今，该道主干路线虽为甘川公路所替代，但一些支道、山路（步道）仍旧为民间所沿用。

高天佑先生对历史、地理的素材旁征博引，为的是求证"沓中阴平道"。把他的整篇文章读完，确实能感受到高天佑先生的见识与才华。

文县文化馆馆长罗愚频，作为古阴平郡（文县）的人，他一方面对"阴平古道"感兴趣，另一方面也在工作业务的范畴之内，于是，他写了一篇《邓艾偷度阴平考》的文章，我把文中有关邓艾偷袭蜀汉的路线一节，录在这里。

邓艾偷度阴平的路径应该为：邓艾从文县城关镇元茨头清水坪沿白水江而下经尚德邓至山、魏坝，渡白水江由尚德田家坝进入丹堡河谷，由丹堡河谷经刘家坪攀葛山、攀葛河至邓家坝，在邓家坝派步兵进深沟至七信沟、魏子山，知此路无法翻越横亘的大山，又沿让水河到柏元河坝，沿石磨河经对树到窄匣子，再经包包上、救香坪、郭江口、马鞭崖、写字崖，再经九道拐、切刀梁上海拔 2227 米的垭口，由此"裹毡而下"，再沿四川青川唐家河右岸行走，至大雄山修栈道，又绕道落衣沟、魏坝直到靖军山，上车架山，下放马坪，经高桥寺到江油戍（今四川平武南坝镇），直取涪城，逼近成都。

罗馆长做人、做事都是朴实无华、勤勤恳恳的。包括这篇考证文章。

陇南一中的一位老教师，如今已是90多岁的老先生樊执敬写过一篇《漫话阴平古道》的文章，文中对"阴平古道"另有见解，我们来看看：

兵贵神速，行军必取捷径；商为牟利，贩运不走弯路。考之历史，合之山川形势，证之军事、商业各方面痕迹，古之阴平道，决不在今之文县境。我认为：从宕昌起，沿岷江而下，合白龙江，沿江而下至武都县城，东南行，至大安庙（今大岸），舍江入沟，经三河、琵琶、洛塘、枫相、姚渡直抵昭化，计长约三百公里，统谓之阴平古道，较为近是。

樊老先生的论断，与他人不合，把他的文章通篇读完，却也能自圆其说。考证历史，多几种可能性是好事，可以在比较中得出正确答案。

文县的一位退休教师张映全先生写了一篇《甘肃文县阴平古道考》，他考证的路线，也与众人不相一致，我摘录一段。

考阴平古道有北段、南段之分：北段，起自甘肃岷县，沿羌水（又作强水），经陇南宕昌县到达两河口，在这里分两路，一路顺白龙江而下，经武都，越尖山抵达文县，再沿白水江东南下经白水街到四川昭化（今广元宝轮）与汉中入川大道会合，此为大道，即今"212 国道"甘川公路一段；另一路自两河口南进，过白龙江，翻插岗岭，到达甘南州的博峪乡，再经文县中寨镇、马营乡、石坊乡到达文县（县城）。1949 年 12 月上旬，中国人民解放军一野十八兵团追击国民党残部时，就沿这条路线行军，一举解放了陇南文县。

考阴平古道南段，自文县沿白水江东南下到达碧口镇，从碧口镇入川的阴平古道大致有三条，一条由碧口镇沿白龙江河谷东南行，至四川省青川县白水街，到达四川昭化（今广元宝轮），与汉中入蜀大道会合，因此道大多沿河谷构造线而筑，是一条穿越阴平较为平缓易行的道路，故称阴平之正道；另一条是由碧口镇到白水街后转而向西到青川县乔庄，然后经青溪、南坝镇翻越山岭到达江油，这条路在 20 世纪 40 年代以前，是由甘肃入川的最重要的驿道，中华人民共和国成立后此地已建成甘川公路；还有一条古道是从文县碧口南进，途经碧峰沟、白果、茶园，南下翻越悬马关、摩天岭到达青川县乔庄附近的青溪，再经南坝到达四川江油。这条路是万山丛中的山野小路，人烟稀少，险峻难行，但路途较短，是条捷径，很可能是当年邓艾避实就虚，"行无人之地七百里"偷度灭蜀而声名显赫的阴平古道。

张映全先生的考证路线有和其他人重合的部分，也有分歧的部分。孰是孰非，我不知矣。

邓艾究竟走的是哪条路？真是"江山留与后人愁"啊！

我没有资格怀疑任何一位先生的考证，但我有理由相信哪一位先生的考证吗？转念一想，邓艾是搞的偷袭战，"行无人之地七百里"，为什么？就是要避开所有人的耳目，就是要无人知晓。不过，邓艾只是不想让当时的人们窥见他的行军路线，没想到，过去了近两千年，今天，人们依然难以窥见。邓艾遵循的是"兵之诡道也"！所以，事先没有绘制作战地图，一路没有留下行军记录。还有，邓艾当时在心里可能是这样想的：我也不知道该怎么走到成都去，能不能走到成都去。反正，往这个方向走是对的。

对所有考证"阴平古道"的先生，我都无条件地送上敬佩与尊重。我觉得，考证"阴平古道"比抽丝剥茧还要艰难，史料不全，众说纷纭，区划多变，地理变迁，要考证出一条"邪径"，何其难为。唉，历史上屡屡改变天下格局的"阴平古道"，真是难为了当下的人。好在，即使不能准确地描绘出"阴平邪径"的具体路线，邓艾偷袭江油关的事实也不会有人怀疑，更不会影响一代又一代人去探寻"阴平邪径"的热情。

无论"阴平邪径"的路径考证得是否合理、准确，邓艾"行无人之地七百里"的偷袭战，都是史诗般的壮举。我们可以想象邓艾在出发前，向将士们做战前动员时，是怎样一番激昂、慷慨，并带着悲壮的、发自肺腑的言辞。乱世之中，只有悲歌能够打动人心，振聋发聩；乱世之中，只有悲壮的情怀，才能让人心底发愤，荡气回肠。

邓艾不会对将士们说：弟兄们冲啊！苟富贵，勿相忘，到成都我们共享富贵生活。他会说：人一生至少要做一件让历史铭记的事。此次伐蜀，走"阴平邪径"，"行无人之地七百里"，生死未卜，胜败难料，但只有树立必胜的决心，才能有胜利的机会，才能享受胜利的果实。不过，无论成败与否，我们都将是历史的英雄！

第十章

古城新市与人

城是个容器，无论是有形的还是无形的，都是用来承载老百姓的身体与精神的。城，应该是人性的产物，人是城的灵魂。无城，人将失去血肉；无人，城就是一个躯壳。

　　古代的城市，都是先有城后有市，今天有些城市，是先有市后有城。城与市，在历史上是两个概念。城是筑起的墙用来防御，所以万里长城本是一堵长长的墙，也叫城。墙四面合围就是城堡，我们常说的城，其实是城堡。《吴越春秋》中有这样的一句："鲧筑城以卫君，造郭以守民，此城郭之始也。"意思是：建筑城堡是为了保护国君，修建城墙是为了保护老百姓。所谓："城者，以盛民也。"

　　市是交易的场所。《中国城市发展史》中说："市者，买卖之所也。"城市的形成，经历了漫长的过程，这个过程，也是人类文明进步发展的过程。

　　早期，人类居无定所，随遇而栖，三五成群，渔猎而食。但是，在对付个体庞大的凶猛的动物时，三五个人的力量显得单薄，只有联合其他群体，才能获得胜利。随着群体的力量强大，收获也就丰富起来，抓获的猎物不便携带，就找地方贮藏起来，久而久之便在那地方定居下来。但凡人类选择定居的地方，都是些水草丰美、动物繁盛的处所。定居下来的先民，为了抵御野兽的侵扰，便在驻地周围扎上篱笆，形成了早期的村落。

　　随着人口的繁盛，村落规模也不断地扩大，猎杀一只动物，整个村落的人倾巢出动显得有些多了，且不便分配，于是，村落内部便分化出若干个群体，各自为战，猎物在群体内分配。由于群体的划分是随意进行的，那些老弱病残的群体常常抓获不到动物，只好依附在力量强壮的群体周围，获得一些食物。而收获丰盈的群体，消费不完猎物，就把多余的猎物拿来与其他群体换取自己没有的东西，于是，早期的"城市"便形成了。

《世本·作篇》记载：颛顼时"祝融作市"。颜师古注曰："古未有市，若朝聚井汲，便将货物于井边货卖，曰市井。"这便是"市井"的来历。古时市井的交易是有时间规定的，《易·系辞下》中有"日中而市，致天下之民，聚天下货物，交易而退，各得其所"。

与此同时，在另一些地方，生活着同样的村落，村落之间常常为了一只猎物发生械斗。于是，各村落为了防备其他村落的侵袭，便在篱笆的基础上筑起墙。有了墙，就有了城。

城以墙为界，有内城、外城的区别。内城叫城堡，外城叫城郭或城池。内城里住着王、皇帝或城堡的主人与城郭的管理者，外城里住着平民百姓。城堡里居住的王、皇帝或主人，在早期应该是收获很丰富的群体，而城池或城外的"民"则是收获贫乏、难以养活自己、必须依附在收获丰盈的群体周围的百姓了。人类最早的城市其实有"国"的意味，这恐怕是人类城市的最早形态。

中国城市的布局法则由来已久，严格按照"前朝后市，左祖右社，宫城居中，对称布局"的原则设置，这一布局原则，从西周一直延续到明清。

城市是社会分工和生产力发展的产物，也是人类文明的主要组成部分，是伴随着人类文明与进步发展起来的。一座城市，不仅要考虑政治和军事的需要，还要考虑上层建筑的需要，不仅要考虑经济发展的需要，还要考虑城中之民的精神需求、文化教育需求等。

城市的发展是一条河流，当你看清上游的时候，就能判断下游发展的优劣，这是制度和文化既有延续性又有拓展能力造成的。

有些城市，我们去过了，却没留下任何印象，只是空空地记住了一个城市的名字。有些城市，即使是短暂地停留，也会让人记忆深刻。什么样的城市是好城市？我说不清楚，但我可以借苏东坡在《前赤壁赋》中的一段文字来说："惟江上之清风，与山间之明月，耳得之而为声，目遇之而成色，取之无禁，用之不竭，是造物者之无尽藏也，而吾与子之所共适。"

古人建设城市，大多背山面水，当道而立。背山面水是为了保证物产丰富，百姓安居；当道而立是为了战争发生时利于攻防，和平时期便于交通。（《三国演义》中马谡失街亭，就是因为没有当道安营扎寨。）

历史上的蜀道或通往巴蜀的道路，基本上是由今天的陇南市过秦岭或翻岷山而通往巴蜀的，阴平古道更是四分之三在陇南市境内，由北向南穿过了陇南市。为此，我要说说陇南这座城市的来龙去脉。

据考古发现，距今7000多年前陇南地区就有人类活动。

陇南是秦人的发祥地，又是中国古代西部民族氐人和羌人活动的核心地区。在漫长的历史过程中，陇南既是各种政治军事力量激烈争夺的战场，又是中原中央政权与西北少数民族接触交往的前哨阵地，攻伐消长与民族交往，构成了陇南社会历史的重要内容。

秦代置武都道。汉武帝元鼎六年（前111年）置武都郡，属凉州刺史部。汉末，曹操分司州、凉州置雍州，武都郡改属雍州。三国时期，武都郡是魏、蜀两国的边界。建安二十四年（219年），刘备攻取了曹操军的汉中郡，阻断了武都与雍州的联系，于是曹操弃武都郡，迁治至右扶风小槐里。此后，魏、蜀两国于武都展开多次大战，最著名的是蜀相诸葛亮"六出祁山"伐魏，并于229年攻取武都、阴平二郡，自此武都郡为蜀所据，直至蜀国被晋所灭。

东晋、南北朝时期，陇南境内先后建立仇池、宕昌、武都、武兴、阴平5个胡人政权，称为"陇南五国"。

隋唐时期，陇南地区政治经济相对稳定，唐代于陇南置文、武、成、迭、宕、岷等州。唐宝应元年（762年），吐蕃攻占陇南。咸通年间，唐收复武州，更名阶州，唐咸通七年（866年）收复成州。北宋熙宁六年（1073年），大将王韶打败吐蕃，收复陇南，吐蕃据有陇南前后共 311 年。宋末陇南为宋、金两国边境，战争频繁。南宋绍兴三十年（1160 年），金大举攻宋，破凤州、大散关，朝廷命大将吴璘据守陇南。吴璘之子吴挺与西夏缔盟，共同攻金。南宋开禧二年（1206 年），吴挺之子吴曦叛宋，以阶、成、文、西和四州建立受金朝支持的政权，后宋军将士杀吴曦，四州归宋。南宋端平三年（1236 年）蒙古军占领陇南。元代于礼县置礼店元帅府，后更名为礼店文州蒙古汉军西番汉军民元帅府，在河州设吐蕃宣慰司。明清时期，陇南经历明末李自成起义、白莲教之乱、西北回民起义、太平天国等事件。

清朝康熙年间陕甘分治，今陇南境均属甘肃布政使司。清雍正七年（1729 年）阶州升为直隶州，领文、成二县，辖今武都区、文县、康县、成县、舟曲县和宕昌县南部境；同年，徽州降州为县，与礼县、两当县同属秦州直隶州。其间，西和县仍属巩昌府。清雍正八年（1730 年）岷州卫改称岷州，属巩昌府，今宕昌县大部为岷州辖。

1913 年，阶州直隶州改为武都县，并分置出西固县。1929 年，从武都县分设永康县，后改称康县。1932 年 4 月，习仲勋等人在两当县发动兵变，称为"两当兵变"。1935 年中国工农红军第二、第三方面军突破国民党反动派的围追堵截，直插哈达铺，在这里确定了挥师陕北、建立革命根据地的战略决策。同年，国民政府将甘肃省划分为七个行政督察区，除西固县属第一行政督察区（公署驻岷县）外，今陇南境内诸县均属第四行政督察区（公署驻天水）。1942年，成立甘肃省第八行政督察区（公署驻武都县），成县、文县、康县、西固县改属武都。

1949年7月，西北局在西安组建武都分区行政督察专员公署，属陕甘宁边区甘肃行政区，辖武都县、文县、成县、康县、西固县、礼县和西和县。1950年5月，岷县划归武都专区。1954年，西固县治迁宕昌，并改名为宕昌县。1956年，礼县、西和县、成县划归天水专区。1958年4月，撤销武都专区，辖县划归天水专区和定西专区。1961年11月，恢复武都专区，辖武都县、康县、成县、文县和宕昌县。1963年10月，岷县再次划归武都专区。1985年5月，武都地区更名为陇南地区，辖武都、宕昌、文县、成县、康县、西和、礼县、徽县、两当9县，原属武都地区的岷县划归定西地区管辖。

2004年1月，撤销陇南地区，设立地级陇南市，原武都县改为武都区。陇南市现为八县一区。

论城，陇南是座古城；论市，陇南是个新市。古城新市，可以理解为拥有深厚的历史文化积淀，为新城市的发展提供了可靠的文化保障。但是，陇南曾是全国闻名的贫困地区。

2020年3月30日，"甘肃省决战决胜脱贫攻坚主题全媒体集中采访活动"走进陇南。时任陇南市委书记的孙雪涛，在面对记者的提问时说："2011年，全市有贫困人口130.47万人，贫困发生率53%。从脱贫任务看，陇南有'三个第一'，贫困发生率位列全省 14 个市州第一，贫困人口数量在秦巴山集中连片特困区 18 个市中位列第一，9 县区全部为国家级贫困县，贫困县占比全国第一。"

那么，脱贫后的陇南是什么状况呢？孙雪涛书记如是说："从脱贫成效看，陇南市也有'三个第一'，陇南市是全国唯一的电商扶贫示范市，电商扶贫成效全国第一；陇南市深入开展'拆危治乱'集中行动，拆除危房 42 万多间，基本消除了'视觉贫困'，从根子上解决了住房安全问题，人居环境改善力度全国第一；还通过大力发展山地特色农业和乡村旅游等多元富民产业，使农民收入快速增长，全市农民人均可支配收入由 2011 年的 2621 元提高到 7734 元，年均增长 14.48%，年均增速居秦巴山片特困区第一。"

现在的领导干部都习惯用数字来概括、总结和表述，是传统也是习俗，不过，只要说的是事实，确实能起到提纲挈领的作用。

我在陇南走访阴平古道时，在武都区白龙江边的坝子上，看到一片崭新的藏族民居风格的建筑，我问身边的人："这是新建的藏族村？"身边的人说："这是新搬迁来的藏族村寨，叫坪垭乡，居住的全是藏族同胞。"我对这个新搬迁来的坪垭乡产生了兴趣，走到乡寨的近前看了一看，新的住房，新的学校，新的医院，也有新的寺庙。藏族村民有的忙碌，有的悠闲。我看他们，他们不看我。

回到宾馆，我就向陇南政府相关部门索要了一份关于坪垭乡搬迁的材料。原文如下：

坪垭乡易地扶贫搬迁简介

坪垭藏族乡是陇南市唯一的纯藏族乡，全乡共有9个村，1432户6369人，搬迁之前，全乡群众全部生活在九沟八梁上，自然环境恶劣，地质灾害频发，群众生产生活困难，一方水土养育不了一方人。2016年启动实施了整乡易地扶贫搬迁，总投资4.694亿元，共搬迁8个村，1236户5731人，2018年完成了项目建设并顺利搬迁入住。搬下山后，群众生产生活发生了翻天覆地的变化，脱贫攻坚取得了全面胜利，民族团结进步更上新台阶。坪垭乡也先后被评为全国民族团结进步示范乡镇、全国易地扶贫搬迁美丽安置区、全国脱贫攻坚先进集体。

一是建成了万亩花椒基地。利用退耕还林政策引导，发展了1.4万亩花椒，人均达到2.3亩，通过精心管护，目前已逐步挂果增收，又在花椒地里套种订单辣椒，推行"双椒"模式。

二是建设了后续产业示范园。抢抓东西扶贫协作机遇，在安置区附近整理了200亩土地建设后续产业示范园。一期共引进了2家企业建成了两个扶贫车间，带贫成效明显。二期由区政府利用山东青岛财政援助资金，引进青岛康大集团建成了年出栏50万只肉兔的现代化肉兔养殖场，在此基础上还引进了5家企业也陆续开工建设。这些企业全部建成投产后可解决1000人以上就地就业，带动 1000 户以上居家就业，实现由农民到工人，由农村到城镇的转变。

三是多渠道解决群众就业。通过强化技能培训，提升就业本领，利用劳务输转、公益性岗位、特色产业发展等途径，帮助群众就业增收。全乡劳动力 3324 人，全部解决就业。其中外出输转 2239 人，公益性岗位 190 人，生态护林员 50 人，特色产业 845 人，预计今年劳务收入达 6800 万元。

四是发展民族特色乡村旅游。通过优化旅游环境，打造旅游景点、节点，挖掘民族特色文化，坪垭新区被评为全省乡村旅游示范村，并成功创建省级卫生乡镇，民族特色乡村旅游已初见成效。

五是大力发展电子商务。全乡正常运营的网点有 23 个，其中淘宝网店 20 个，1688 网店 3 个，建立了 9 个村级电商服务站、1 个乡级电商服务站及 1 个阿里巴巴农村淘宝天猫优品服务站，打通了网货下乡优质农产品进城的"最后一公里"，开发了特色网货，有花椒、荞面、蜂蜜、中药材、优质小杂粮等特色农产品，2020 年实现销售额 3250 万元。

六是集中供养特困供养人员。专门配套建设了幸福家园，对全乡 25 名特困供养人员和 18 名单人独户进行了集中供养，实现了老有所养、老有所乐、老有所安。

七是推行基层治理创新试点。抓住被列为全省城乡基层治理创新试点的机遇，积极推行基层治理创新，打造共建共治共享的基层治理新格局。通过新时代文明实践活动，开展感恩教育，转变群众思想观念，激发群众内生动力，促进民族团结进步，不断提升群众的幸福感和满意度。

材料是事情发生后结果的汇编，整个搬迁的过程，一定有许多曲折，一定有许多故事值得书写，但是，我没有更多的时间去深入采访，只能把这份材料整体搬迁到这里了。

把一个散落在山腰的乡村，整体搬迁到山下坝子的新居住区，并把大事小情安排妥帖，确实是个大工程，尤其是藏族乡。这是民族团结的工程，更是世道人心的工程。我在坪垭乡看到的是藏族老乡们平静地劳作与生活，学校、医院、寺庙秩序井然，足以说明搬迁的成效是巨大的，是陇南脱贫路上的一大功绩。至于陇南全境脱贫的成绩，已经有许多新闻报道，我就不再这里啰唆了。

让老百姓脱贫，是执政者的基本任务。国富民强，如果老百姓的温饱都不能满足，无论如何都不能说国家强盛了。让老百姓收入稳定，居有定所，吃饱穿暖，无生存之忧，是国家走向强国的必由之路。

历史的经验证明，饥荒是祸乱之源，贫富差距过大也是。

处于深山之中的陇南能完全脱贫，是陇南百姓之幸甚，国家之幸甚。

一座城市应该有自己的精神属性和文化特征，这是让一座城市有别于其他城市的基本要求。而眼下，我们看到的许多城市的精神面貌是基本同一的，文化特征不够凸显，像一个妈妈生的多胞胎。

没有给人留下独特记忆的城市，是寓言"滥竽充数"中不敢独奏的南郭先生。

陇南地处甘肃的最南端，与四川的最北端接壤，现在陇南的有些地区，在历史上曾是四川的行政管理区域。陇南又是川、陕、甘的交会处，是历史上兵家必争之地，是"茶马古道"的重要一段。陇南是各种文化风云际会的城市，也是包容性很强的城市。那么，陇南应该有怎样的精神面貌？有怎样的文化特征？

2017年，陇南市委、市政府把陇南市文化特征定位为"陇蜀之城"。好一个"陇蜀之城"，怎样才算是"陇蜀之城"？

我们从文化融合的角度，来考察一下陇南地区文化的构成。（下文大量借用陇南市礼县政协副主席刘有生先生文章《关于"陇蜀之城"建设的几点建议》中的文字）

商周时期，早期的秦人进入到了西汉水的上游地区，后来，秦人在不断壮大的过程中，一方面继续吸收中原文化，另一方面又以自己强大的文明影响当地的土著居民，亦即古戎人分化的古氐人和古羌人，同时也使一部分古氐羌人融合于秦民族，一部分氐人也即寺洼文化的主人被挤压沿西汉水流域陆续进入嘉陵江流域，最后进入了古蜀地；一部分羌人向西部、北部山区散去，陆续进入今武都白龙江流域和宕昌以西以北地域，这些古羌人中的一部分，最终入蜀地北部。由于受中原文化影响比较深刻，当时的古氏羌文化已经是比较发达的文明。古氏羌人走到哪里，就将自己的文明带到哪里，与当地土著民族文化融合形成新的文化样式，甚至以相对高级的文明取代当地文明，使之成为含有当地文化元素的主流文明。

西汉水上游地区，基本是今天的陇南地区，是早期秦人活动的腹地。秦人引进了东夷文明，在与当地土著古戎人的文化碰撞中，一方面注重吸收当地文化，另一方面又注重吸收周文化，最终形成了独具特色的早期秦文化文明；尽管朝代频繁更迭，文化多变，如吐谷浑文化、吐蕃文化、蒙古文化、满文化曾叠加覆盖西汉水流域，但西汉水上游地区始终保持着以中原文化为基本元素的陇文化底色。然而，深入分析发现，许多文化元素却与天水、定西等周边地区存在明显不同，也就是说，地域文化特色非常明显，不是纯粹意义上的陇文化。

西汉水中游河谷地区，是春秋战国以至秦汉以后古氏人的活动腹地，氏民族曾在此建立过仇池政权，时间长达近300年。虽然也经历过吐蕃文化、吐谷浑文化的入侵，经历过蒙古文化的蹂躏、满文化的灌输和汉文化的长期熏陶和多次洗礼，但仍然保持着明显的氏文化底色，许多文化元素与自称古氏人直系后裔的文县白马人相当接近。然而深入比较，它又不同于文县白马人现有的民俗文化，不是完全意义上的古氏文化。

陇南西南部和北部山区（含宕昌县），是春秋战国以至秦汉时期古羌人的活动区域，古羌民族曾在今天的宏昌县建立过羌人政权，历时长达近 260 年。这一块地区，同样经历了吐蕃、吐谷浑、蒙古、满文化的重大影响和汉文化的强烈融合，但仍然保持着羌文化的底色，许多民俗文化元素与今四川北部羌民族民俗文化元素基本相同。然而，它又不是完全意义上的羌文化。

应该指出的是，古氐羌文化进入蜀地后，与当地土著文化相融合，在成都平原、岷江流域形成了蜀文化。许多学者考察了西汉水流域的寺洼文化后，普遍认为古氐羌文化是蜀文化的重要源头之一，西汉水流域是古氐羌文化进入蜀地的文化走廊。近年来，多有四川学者到西汉水流域考察，力图进一步论证蜀文化对古氐羌文化的承接和发展关系。

在分析了上述文化现象后，西汉水流域文化应当是蜀文化的重要源头之一，饱含着如今已经发生了质的变化的蜀文化元素，但却与蜀文化相去甚远；西汉水流域文化又是陇文化的重要组成部分，含有古氐羌文化——蜀文化源头的文化元素，但却不是纯粹意义上的陇文化。

综上，陇南地区既不是完全的蜀文化，也不是纯粹的陇文化，那应该是什么文化类型呢？时任陇南市委书记的孙雪涛认为：既不是蜀，也不是陇，更不是陕，那就是——陇蜀文化。于是，就有了挖掘、打造、擦亮"陇蜀之城"的一系列举动。

刘有生先生在《关于"陇蜀之城"建设的几点建议》一文中对"陇蜀之城"这一概念有着透彻解读。

那么，当如何理解"陇蜀之城"呢！我以为，城在这里可以理解为范围，即"圈"的意思，"陇蜀之城"也即"陇蜀文化圈"。就整个陇南八县一区、近两万七千平方公里面积、近三百万人口这么大的一个区域和复杂而特殊的文化存在来说，完全能够称得上"文化圈"。所以，"陇蜀之城"也就是"陇蜀文化圈"，我们打造"陇蜀之城"，就是打造我们陇南独特的文化圈。

陇南市政协副主席张昉女士《在市政协"陇蜀之城"建设协商座谈会上的讲话》中有这样两段，我认为也是对"陇蜀之城"的有力诠释。

第一，"陇蜀之城"作为一种地域概念，是陇南独有的地域特征。陇南位于中国版图的"几何中心"，地处陕甘川三省要冲，自古就有"秦陇锁钥，巴蜀门户"的称誉，是连接秦陇和巴蜀的战略要地。三国时期，诸葛亮六出祁山，邓艾偷度阴平灭蜀，都发生在陇南；南北朝时期，这里曾建立过仇池国、阴平国、宕昌国、武都国、武兴国地方割据政权；阴平道、祁山道、陈仓道、北茶马古道是连接南北丝绸之路的纽带。陇南是甘肃省唯一全境属于长江流域并拥有亚热带气候的地区，具有北国之雄奇、南国之灵秀，被誉为"陇上江南"。这里栖息着国宝大熊猫、金丝猴，是中国油橄榄之乡、核桃之乡、花椒之乡，"蜀椒出武都"见于农学名著《齐民要术》。无论是陇南特殊的地理位置，还是得陇望蜀的历史典故、陇蜀故道的文化遗迹，以及各地建筑风格、本地方言、风俗习惯、特色美食等，都在印证陇南与"蜀"千丝万缕的关系。"像川不是川，是甘又像川"就是对陇南"陇蜀之城"最形象的描述，成为陇南独具特色的地域特征。

第二，"陇蜀之城"作为一种文化概念，是陇南特有的文化特征。陇南历史悠久，文化内涵丰富，早在新石器时代，陇南先民就在这里生存，留下了丰富的马家窑文化、齐家文化、寺洼文化遗存，华夏人文始祖伏羲诞生于此，西汉水流域是秦人发祥地。陇南有伏羲文化、先秦文化、羌氐文化、三国文化、乞巧文化、茶马文化、白马文化、红色文化，等等，共同构成了这一地区既有鲜明的秦陇文化特色、又有浓厚的巴蜀文化元素的甘陕川文化交融的独特文化现象。陇蜀遗风，千年不绝，诸多陇蜀文化元素至今或隐或显地留存、展现在陇南人的语言、民居、饮食、服饰、婚丧礼仪等民俗生活中，保留于伦理道德、禁忌崇拜、民间艺术等精神生活领域。陇南文化具有秦陇文化和巴蜀文化融合的独特特征，其特色鲜明，多元丰富，魅力独具，"莫怪武都多川味，只缘蜀道有秦腔"就是最生动的描写，这一特殊的多元文化现象，成为"陇蜀之城"丰厚而独特的文化特征。

2014 年，时任陇南市委书记的孙雪涛曾为陇南写过几首歌词，其中一首《问君陇南》就表现出对建设"陇蜀之城"的强烈愿望。

白龙江哟，请你告诉我
氐人羌人为何不见了
西汉水哟，请你也说说
伏羲秦人都哪里去了

大堡山哟，请你告诉我
得陇望蜀是对还是错
青泥岭哟，请你也说说
李白杜甫可曾回来过

连绵群山哟，我们知道了
他们依旧在美丽陇南哟
连绵群山哟，我们知道了
五千年一梦他们睡着了

大堡山哟，请你告诉我
得陇望蜀是对还是错
青泥岭哟，请你也说说
李白杜甫可曾回来过

滔滔江水哟，我们明白了

如今我们是美丽的陇南哟

滔滔江水哟，我们明白了

五千年一梦他们惊醒了

滔滔江水哟，我们明白了

如今我们是美丽陇南哟

滔滔江水哟，我们明白了

五千年一梦他们惊醒了

他们惊醒了

　　这首歌词写得很深情、很大气，有历史的纵深，有今天人们的愿景，但也透露出作者是一位地方官员的身份。

　　城是个容器，无论是有形的还是无形的，都是用来承载老百姓的身体与精神的。城，应该是人性的产物，人是城的灵魂。无城，人将失去血肉；无人，城就是一个躯壳。

　　人与城市的和谐，是城市发展的动力，和谐是精神层面的有机融合。人作为城市的主体，其主观意识、思想行为会对城市的发展产生重大的作用，这里有正面的作用，也有反面的作用，人可以推进城市的发展，也可以阻碍城市的发展。但是，我们也不应忘记，人们的社会存在决定人的意识。好的社会环境、完善的基础设施和文化氛围可以激发人的积极性、创造性，不良的城市环境、不完备的基础设施和文化氛围的缺失，就会使人沮丧、沉沦，挫伤人的情感。

有这样一件事，进一步带动了整个陇南的人与自然的和谐。

一次时任陇南市委书记的孙雪涛到市体育场视察工作，发现体育场四周围着铁栅栏，栅栏上都是矛一样的铁尖。孙书记对身边的工作人员说："这些铁尖尖，充满了敌意。为什么怕人们翻越铁栅栏？人们想进体育场，不就是想打打球、健健身吗？把这些铁栅栏都拆了，可以用柔性的花草墙代替，甚至都不必有墙的意味，直接把花草亮出来，供城市百姓观赏，不是很好吗？其他单位有铁栅栏和砖墙的都要拆了，拆除与百姓的阻隔，亮出绿地来。"就这一番话，让全陇南都动了起来，一时间"拆围透绿"成为全市区的行动风潮。

短短的十几天时间，一个个围栏消失了，一个个铁尖尖不见了，取而代之的是一个个集"文化性、美观性、安全性、生态性"于一体的街边花园。围墙没有了，给人一种亲近自然的感觉，瞬间，市民的心情就好了，满眼都是绿色，满眼都是鲜花。

城市通透了，老百姓的心情也舒畅了。真是：拆的是围墙，暖的是百姓的心房！这就是陇南市民的心声。

绿色是陇南的底色，是城市生活的本色，是市民对未来充满期待的亮色。

孙雪涛书记在"拆围透绿"成功后说:"陇南要坚持走以'生态优先、绿色发展'为导向的高质量发展路子。我们深深感觉到,绿色既是陇南的底色,也是我们一直悉心守护的颜色,更是陇南高质量发展的最强底气。"

在"拆围透绿"期间,《陇南日报》刊发了一篇文章《陇南,城以人为本,人以城为家——陇南坚持以人为本打造品质城市扫描》(本报记者 杨丽君),我把开篇的一节摘录在这里。

一座有温度的城市是什么样子的?一千个人可能有一千个答案。

有人说,幸福感是城市温度的来源;

有人说,文化底蕴才能带给城市温度;

更多的人这样定义:一定会有人文关怀,一定会释放温暖和善意。

"人民城市人民建,人民城市为人民。"城市的品质如何,市民是最有资格的评判员,围绕"人"去发展,正是陇南打造"品质城市"的关键点。

近年来,陇南市始终坚持以人为本的理念,推动"生态之城、活力之城、陇蜀之城"建设,提升城市品质,彰显城市个性。

光阴荏苒,改变的是日新月异的城市风貌,不变的是始终如一的人民情怀。

一座城市坚守人与自然的和谐，坚定地关怀市民精神健康、尊重自然规律，是走了一条有高度的城市发展之路。

人有人品，城有"城品"。建设"品质城市"，让城市更有善意、更有温度，更有激情、更有活力，是一个必须"百尺竿头，更进一步"的命题。

现在，陇南市民出门就能踏春，优雅的环境，使市民的精神始终处于饱满、热爱的状态中。

如果一个城市的主体文化得不到彰显，混杂的信息就会泛滥，进而引发群体事件，历史上有许多惨痛的教训。

城市是人类的栖息地，更是人的灵魂家园。

跋

功名遗恨水东流

　　进入初伏的一天傍晚，窗外暴雨忽至。我走到窗前向外望去，天空是一块遮挡严实的黑色幕布，一条条雨线拧成了鞭子，抽打着大地。突然，一道闪电，把黢黑的幕布撕开了一道口子，让天空成为了两半。

　　我看着这道闪电，开始觉得像一柄长矛刺向大地，后来觉得，这道闪电不就是邓艾偷袭蜀汉的阴平邪径吗？

　　蜀汉的灭亡，绝不是邓艾一人之功，只不过是邓艾率先像闪电一样撕开了蜀汉黢黑的幕布。

　　一个国家的兴亡不可能是一个人的功、一个人的祸，但史书中往往只留下了几个人的姓名。大多数人会在历史的隧道里失踪，所谓"一将功成万骨枯"。

　　邓艾在史册里，被贬多，受褒少，在文学史上更是很难看到赞扬邓艾的。

南宋时，有位官员身份的诗人，叫洪咨夔，写过一首很有意思的诗《毁邓艾庙》：

蜀庸无与守，魏吃浪成名。血已涴砧机，魂犹饕酒牲。
柏溪融雪泻，玉案倚云横。潴薙莫留迹，山川方气平。

诗中先说蜀汉昏庸，灭亡是理所当然，但就是不表扬邓艾的优秀，还要拆人家的家庙。这就是被"刘汉政权是合法政权"的教育给洗脑了。

说几句洪咨夔。洪咨夔是临安（今杭州）人，也就是南宋的首都人。是南宋嘉泰元年（1201年）进士。嘉定中，崔与之主管淮东安抚司事，筹划边防。时金人南侵六合（今南京市北），扬州形势危急，咨夔献策："远斥堠、精间探、简士马，张外郡声援而大开城门，晏然如平时。"金人得知扬州防备严密，不攻而遁。后为成都路通判，拒不附崔与之。知龙州（今属陕西）时，请制置、漕运司免民戍边及运粮苦役。

洪咨夔素以才艺自负，为官耿直，屡次上书直陈弊政。宋理宗御笔称他"鲠亮忠悫，有助新政"。但也因此得罪了当朝的权贵，"自宰相至州县无不掎摭其短"，为权臣所抑，"十年不调"。在官场上宜曲不宜直，《增广贤文》中有一句"逢人且说三分话，未可全抛一片心"应该是经验之谈。一个研究星座的朋友对我说："洪咨夔这小子，肯定是白羊座。白羊座都是傻白甜。"我不懂星座，未置可否。但我觉得，洪咨夔更像是读书读傻了。

洪咨夔是一位有学识、有抱负、有才艺的书生、小官员，被皇上口头表扬几句，就得意忘形并自负地认为，他可以为皇帝分忧，为国家分忧，为黎民百姓分忧了，但是，官场的现实给了他重重的一击。"十年不调"，最终，60岁就抑郁而死。他写《毁邓艾庙》这首诗时，还在意气风发的自负期，如果是晚年再写，大概会赞美邓艾是英雄了。

同是宋代的张耒，在其《梁父吟》中，对邓艾和谯周已经爆了粗口："邓艾老翁夸至计，谯周鼠子辨兴衰。"

而一直没有打败过邓艾的姜维，却在1000多年里饱受赞美。

南宋的另一个有官员身份的诗人刘克庄，在《刘玄德》一诗中，写道"可惜姜维胆如斗，功虽不就有余忠"。成语"胆大如斗"，大概就是出自这首诗。不过，刘克庄这样评价姜维也算中肯。姜维还在拼命厮杀的时候，蜀汉后主刘禅已经投降了，弄得姜维不得不慨叹："臣等正欲死战，陛下何故先降?"其忠心可嘉啊!

晋代时，诗人傅玄在《惟庸蜀》一诗中，对姜维及三国后期的那场战争给予了比较恰当的评价："驿骑进羽檄，天下不遑居。姜维屡寇边，陇上为荒芜。"

只有和平，才能让"天下不遑居"，陇上不荒芜。战争结束，蜀汉灭亡，不再荒芜的地方，还应该有阴平古道所经过的区域。

"成败由人天不管，功名遗恨水东流。"（宋于石）这是对历史经验的总结。

邓艾偷袭蜀汉成功后，依然被逼致死。因为邓艾仅是司马昭手下的过河卒。"狡兔死，走狗烹"也是历史的经验总结。

我很喜欢被重新翻拍的新《三国演义》中曹操临死前的那段念白，演员陈建斌的朗诵也值得称赞，激越、沉雄、慷慨、惆怅，还带着乐观。（我甚至怀疑这个编剧是位诗人）这几句独白与诸位共赏。

死，不可怕，死是清凉的夏夜，可供人无忧的安眠。世人昨日看错了我曹操，今日，又看错了，也许明日，还会看错，可是我，仍然是我。我从来不怕别人，看错我！

这几句道白，与曹操的《短歌行》，有异曲同工之妙。

中国有句民谚："看三国落泪，替古人担忧。"这里提到的"落泪""担忧"，绝不是为曹操，一定是为庸庸碌碌的刘禅。

窗外的雨还在不依不饶地抽打着，空中时而雷声滚滚，时而闪电道道。

不，应该是：时而听到姜维的高呼"臣等正欲死战，陛下何故先降？"时而是邓艾偷袭的阴平邪径在黢黑的天幕上，把蜀汉撕裂、撕碎。

那些被风卷起的枯枝落叶，虽然借着风力在空中能舞蹈一阵子，但它们的最终命运是归到垃圾场。

雨太大，地面开始是积水，后来渐成小溪。这些小溪最后会流到哪里？大江大河不会拒绝它们，历史不会拒绝它们，时间更不会遗忘它们。

即使是在和平时期，战争的教训也不该被人们集体忘却，当战争又一次猝然到来，人们会在付出血淋淋的代价后猛然警醒。战争是人类的常态，和平都是短暂的。当然，现代的战争，未必是明火执仗、枪炮相见。科技、信息以及权力欲，处处埋伏着战争的火种。

一个成熟的国家，一个成熟的民族，一定不能忘记战争的灾难和教训，即使是在国家长时期和平、兴旺发达的时候。警钟长鸣、武备常新，才是保证长时期和平的必备手段。

就在这风雨雷电同时登场的黑夜里，我竟优哉游哉地哼起了老版《三国演义》的片头曲："是非成败转头空，青山依旧在，几度夕阳红。白发渔樵江渚上，惯看秋月春风。古今多少事，都付笑谈中。"

哼罢，我坐到书案前，泡上茶，点燃一支香烟。暗笑自己还有闲心哼小曲儿：如果历史上饥餐肉渴饮血的事件，都可以当作茶余饭罢的闲谈笑话，我何必耗费大半年的时间和精力来写这部《古道阴平》呢！

辛丑年初伏于三余堂